KB083069

용서하고 용서받는
가을입니다

시와소금 시인선 · 136

용서하고 용서받는 가을입니다

표현시동인회
제28집

시와소금

▎ 표현시동인회 행사 이모저모

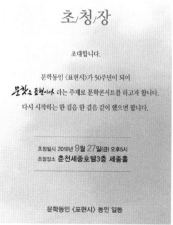

▲ 표현시동인회 사화집 표지

▲ 창립 50주년 기념 문학 콘서트 초청장

▲ 2019년 9월 춘천 세종호텔에서 개최한 표현시 창립 50주년 기념 문학 콘서트 허문영 회장 인사말과 동인 기념사진

▲ 표현시 창립 50주년 기념 행사장 입구의 〈문학은 표현이다〉 문학 콘서트 현수막과 축하 화환들

▲ 2019년 인제 인북천 생태탐방에 나선 동인들

▲ 2019년 인제 대암산 용늪에서　　　　　▲ 2019년 한국디엠지평화생명동산에서

▲ 2015년 제22집 사화집 〈춘천〉 출판기념회에서 허문영 회장의 인사말(좌)과 축하 케이크 앞에 선 회원 가족들

▲ 케이크를 자른 후 박수로 축하하는 회원 가족과 행사를 마친 후 단체기념 사진

2019년 12월 중국 우환에서 시작한 코로나-19가 2년째 우리 삶을 지배하고 있다. 자주 만나던 얼굴도 제대로 만나지 못하고 유배 아닌 유배의 삶을 살고 있다. 그러나 우리는 살아서 지난해엔 사화집 『하루는 먼 하늘』을 펴냈고 올해는 28집 『용서하고 용서받는 가을입니다』를 펴낸다.

코로나 팬데믹으로 모든 만남은 극도로 제한되어 우리는 아무것도 할 수 없었다. 그런데도 우리는 모임의 회장으로 일했던 허문영 시인을 떠나보내는 슬픔을 맞이하기도 했다. 소외와 단절의 어려움 속에서도 우리는 작품을 만드는 일이 충실한 결과, 제28집 동인지 『용서하고 용서받는 가을입니다』를 펴내게 되었다. 창립 52년을 맞이하여, 고 허문영 시인의 특집과 창립 멤버인 최돈선 임동윤 동인을 조명하는 특집을 내는 것도 정말 뜻깊다 할 것이다.

아직도 코로나로부터 우리는 자유롭지 못하다. 알 수 없는 불안 속에서도 우리는 창작의 의지를 불태운다. 언젠가 연둣빛 봄바람이 불 것이다. 가만히 있기엔 정말 푸르고 따뜻한 색깔이다. 무언가 다시 해야겠다. 새로운 언어의 탐구와 상상력의 세계를 향해 우리는 일어선다.

시여, 우리 表現詩 동인이여, 영원하라.

— 「표현시동인회」 회원 일동

| 차례 |

제1부 ‖ 허문영 추모특집

- 추모의 글 ㅣ 언제나 그리운 사람/ 박민수 ___ 013
- 추모의 시 ㅣ 동행/ 한승태 ___ 019
  꿈에/ 한기옥 ___ 020
- 근작 시 ㅣ 오늘도 걷는다마는 외 4편 ___ 021

제2부 ‖ 동인 조명

| 최돈선 시인 |

- 신작 시 ㅣ 자작나무 숲에서 외 2편 ___ 031
- 자선 시 ㅣ 소등 외 9편 ___ 038
- 시인의 말 ㅣ 나는 시인일까 ___ 049
- 최돈선 문학 연보 ___ 055

| 임동윤 시인 |

- 신작 시 ㅣ 오늘 외 4편 ___ 059
- 자선 시 ㅣ 덕거리의 겨울 외 4편 ___ 064
- 시인의 말 ㅣ 내 시의 요람, 덕거리의 겨울 ___ 072
- 임동윤 문학 연보 ___ 076

제3부 ‖ **눈썹 테마詩**

• 김남극 ｜ 눈썹 ___ 080

• 김순실 ｜ 실레마을의 밤 ___ 081

• 박해림 ｜ 눈썹 ___ 082

• 윤용선 ｜ 눈썹 ___ 083

• 이화주 ｜ 눈썹 ___ 084

• 정주연 ｜ 눈썹 ___ 085

• 최돈선 ｜ 눈썹 ___ 086

• 한기옥 ｜ 내 눈썹을 가지런히 ___ 088

• 허 림 ｜ 눈썹 ___ 089

• 황미라 ｜ 황혼 ___ 090

제4부 ǁ 동인 신작詩

• 김남극 ǀ 산거일기 · 19 외 2편 ___ 092

• 김순실 ǀ 무말랭이 외 4편 ___ 095

• 김창균 ǀ 복어 외 4편 ___ 101

• 박민수 ǀ 사랑의 유혹 외 4편 ___ 109

• 박해림 ǀ 네가 온다는 말 외 2편 ___ 115

• 윤용선 ǀ 배낭 외 4편 ___ 119

• 이화주 ǀ 비밀 외 4편 ___ 125

• 정주연 ǀ 꽃집 외 4편 ___ 130

• 한기옥 ǀ 시월 외 4편 ___ 137

• 허 림 ǀ 달밤, 너하고는 첫사랑이구나 외 4편 ___ 145

• 황미라 ǀ 흐르는 못 외 4편 ___ 151

◩ 표현시동인회 연보(1969~2021) ___ 156

◩ 표현시 동인 주소록(2021년 11월 현재) ___ 177

제1부

허문영 추모특집

•추모의 글 ∣ 언제나 그리운 사람/ 박민수

•추모의 시 ∣ 동행/ 한승태

꿈에/ 한기옥

•근작시 ∣ 오늘도 걷는다마는 외 4편

허문영 시인은 서울 출생으로 중앙대 약대를 졸업했으며, 1989년 『시대 문학』 신인상을 통해 시단에 나왔다. 『내가 안고 있는 것은 깊은 새벽에 뜬 별』 『고슴도치 사랑』 『물 속의 거울』 『사랑하는 것만큼 확실한 것은 없습니다』 『왕버들나무 고아원』 『별을 삽질하다』 등의 시집을 상재하 였다. 산문집 『네 곁에 내가 있다』 『생명을 문화로 읽다』와 문학과 예술 속의 약과 독에 관한 방대한 교양서 『예술 속의 파르마콘』을 상재한 바 있다.

언제나 그리운 사람,
시인 허문영을 생각하며

박 민 수

(시인 · 문학박사 · 전 춘천교대 총장)

내 인생에서 내가 가장 자랑스럽고 행복한 것은 '시인'이라는 이름으로 살아온 것이다. 내 인생에서 가장 가슴 아팠던 일은 '허문영'이라는 시인이 젊은 시절 문득 세상을 떠나 버린 일이다. 어느새 그 세월 멀리 지났지만 내 가슴 속엔 그의 얼굴, 그의 미소, 그의 음성, 그의 따뜻함이 변함없이 언제나 생생하다. 그만큼 그는 남다른 정감과 진실과 열정을 갖고 있었다. 그런 그가 어느 날 홀연 이 세상을 떠나 훨훨 하늘나라 본향으로 돌아갔다. 그는 지금 먼 하늘나라 어느 곳에서 우리 세상 옛 친구 친지들을 아득히 바라보며 이 세상 그때 그 모습의 은근한 미소로 여전히 이리 속삭이며 오랜 손짓을 보내고 있을 것 같다.

"모두 잘들 있구나! 나도 하늘 세상 아름다운 숲길 날마다 거닐며 너희들 아련히 바라보고 있어. 나는 하늘 부름이 있어 좀 일찍 인간 세상을 떠나왔지만, 이곳 천국은 그 세상 천 배 만 배 더없이 참 아름다운 축복의 낙원이야. 훗날 우리 모두 다시 만나 옛이야기 오래 오래 함께 나누어 보자. 안녕, 안녕, 안녕 ~~~나의 아름다운 친구들, 나의 그리운 친구들!"

나도 이제 어느덧 꽤 오랜 세월 살아왔지만, 기억 속에 어제처럼 아주 선명하게 기억되며 떠오르는 사람은 그리 많지 않다. 어쩌면 나의 이미 세상 떠난 부모 형제 빼고는 유일하게 살아 움직이듯 가장 선명하게 내 마음속 깊이 아른거리는 얼굴일 듯하다. 이런 면에서 내가 기억하는 허문영의 모습과 그 삶의 양상을 본대로 겪은 대로 표현하여 정리해 보면 다음과 같다.

(1) 키는 그리 크지 않다.
(2) 항상 미소가 가득하다.
(3) 매사에 열정적이다.
(4) 맡은 일에 열정적이다.
(5) 말이 많지 않다.
(6) 다른 사람과 늘 화목하다.
(7) 사랑이 있다.
(8) 요란하지 않고 매사 은근하다.
(9) 남 탓이 없다.

허문영은 이 세상에서 대학의 약학대 교수였으며, 시인이기도 하였다. 내가 아는 허문영은 시인으로서이다. 허문영과 나는 몇몇 다른 시인들과 더불어 〈표현〉이라는 이름의 동인을 조직함에 자주 만나고 어울릴 때가 많았다. 그는 말을 많이 하는 것도 아니고, 나서서 자기 의견을 주장하는 성격은 아니었지만, 시 쓰기에 열정적이었고, 어울림에도 적극적이었다.

그리고 그의 모습에는 언제나 지긋한 눈웃음이 담겨 있었다. 그러면서 동인 총무를 맡아 궂은일을 도맡아 했다. 바로 이러한 허문영 시인이 어느 날 스스로 세상을 떠났다. 우리는 그 이유를 지금도 모른다. 아마도 참으로 말하기 어렵고 안타깝고 마음 아픈 어떤 비극적 요인 속에 사로잡혀 있을 수도 있다. 그러나 이는 확인할 수 없는 추측일 뿐이다. 그리하여 주변의 우리 시인들은 물론 슬픈 마음 깊숙이 가슴에 품고 있지만, 우리 기억 속 그의 모습은 슬픔이 아니라, 지금도 여전히 그 은밀히 선하고 신뢰 깊은 미소의 환한 얼굴로 남아 있다.

이로써 우리는 늘 그를 마음 깊이 그리워하기도 하지만, 세상을 떠난 그 절실한 요인을 몰라서 매우 안타깝고 마음이 아플 때가 많다. 그리하여 올해도 〈표현〉 동인들이 함께 모이는 기회에 그를 다시 한번 기억하고 추모하며 돌이켜 옛 그리움을 나누는 추억의 시간을 갖기로 했다. 이에 표현 동인 황미라 회장의 명으로 필자가 이 글의 책임을 위임받았지만, 불현듯 하늘 저 푸른 영생의 천국 어느 꽃밭에 서서 허문영 시인이 옛 모습 그대로 지긋한 미소 가득 담아 우리 표현 동인이 모인 자리에서 멀리 손짓 멈출 줄 모르고 아득히 보내오는 듯하다.

그리하여 문득 하늘나라 그 미소 향해 손짓하며 우리 소식 함께 전하노니 우리의 영원한 친구 시인 허문영이여, 천국 문 활짝 열고 기꺼이 이 세상 옛 같이 신명나게 어울려 젊은 시절 그 모습 그대로 한판 춤이나 춥시다. 오늘은 마침 우리 〈표현〉 동인들이 오랜만에 만나 옛이야기를 나누고자 계획된 날이기에, 허접한 세상 이야기 모두 그만두고 하늘나라 그 영원한 평강의 아리따운 콧노래 한줄기 길게 이 세상 전해주며 하늘과 땅 하나 되는 축복의 춤바람 온통 천지 사방 넘치게 휘날려 봅시다.

오, 그리운 우리들의 벗, 하늘나라 그 영원한 세상 초록빛 옷차림의 우리 벗 허문영 시인이여! 그 눈빛이여, 영원한 사랑이여! 사라지지 않는 뜨거운 눈물의 추억이여! 아우성치는 포옹이여! 지워지지 않는 그 미소여!

그리하여 또 그대 남긴 시 두 편을 다시 이곳에 펼쳐 보노니, 우리 모두 목소리 높여 함께 외쳐 낭송해 봅시다.

충북 영동군 학산면 봉림리 미촌마을 어귀 왕버들나무에는 종류가 다른 어린 나무들이 함께 살고 있다. 누가 옮겨 심은 것도 아닌데 이백 오십 살 된 왕버들나무, 오목하게 팬 몸통 한구석에 잎과 꽃 모양이 전혀 다른 나무들이 자라기 시작해서 현재는 산벚나무, 쥐똥나무, 까마귀밥여름나무, 이스라지, 올괴불나무, 산뽕나무, 팽나무, 산사나무 등 여덟 가지 나무들이 한 살림을 차리고 풀과 더불어 살아가고 있는데 어찌나 사이가 좋은지 도란도란거리는 소리가 꼭 산들바람 소리처럼 시냇물 소리처럼 들린다고 한다. 나무들의 몸집이 커질 때마다 왕버들나무는 생채기 나는 아픔에 용트림을 하면서도 밤마다 제 몸을 살포시 찢어주며 살 틈바구니에다 자라나는 나무들의 뿌리를 깊게 내리게 한다. 어떤 사람은 늘그막에 외로운 왕버들나무가 어린 나무들을 입양했다고 말하기도 하고, 또 어떤 사람은 왕버들나무가 고아원 하나를 차렸다고 하면서 지나들 가지만 왕버들나무는 입가에 미소를 머금은 채 그저 흐믓한 표정이다. 이제 왕버들나무 품속으로 새들도 날아오고 다람쥐들도 찾아온다. 왕버들나무 한그루가 넉넉한 숲 하나가 되었다.

— 「왕버들나무 고아원」 전문

오대산 북대미륵암에 가면 덕행 스님이 계시는데, 매일 밤 별이 쏟아져 내려 절 마당에 수북하다고 하시네.

뜨거운 별이면 질화로에 부삽으로 퍼 담아 찻물 끓이는 군불로 지피시거나, 곰팡이 핀 듯 보드라운 별이면 각삽으로 퍼서 두엄처럼 쌓아두었다가 묵은 밭에다 뿌려도 좋고, 잔별이 너무 많이 깔렸으면 바가지가 큰 오삽으로 가마니에 퍼 담아 헛간에 날라 두었다가 조금씩 나눠주시라고 하니, 스님이 눈을 크게 뜨시고 나를 한참 쳐다보시네.

혜성같이 울퉁불퉁한 별은 막삽으로 퍼서 무너진 담장 옆에 모아두었다가 봄이 오면 해우소 돌담으로 쌓아도 좋고, 작은 별똥별 하나 화단 옆에 떨어져 있으면 꽃삽으로 주워다가 새벽 예불할 때 등불처럼 걸어두시면 마음까지 환해진다고, 은하수가 폭설로 쏟아져 내려온 산에 흰 눈처럼 쌓여 있으면 눈삽으로 쓸어 모아 신도들 기도 길을 내주시자 하니, 하늘엔 별도 많지만 속세엔 삽도 많다 하시네.

— 「별을 삽질하다」 전문

아아, 그리운 허문영 시인, 옛 추억 다시 새록새록 아름답지요? 부디 그 천국 너른 꽃들판 여기저기 봄 나비처럼 사뿐히 사뿐히 날아 오르내리며, 그대

우리 세상에 남긴 시구절 허공 속 다시 꽃나비처럼 훨훨 날려 온 세사 시의 바다 되게 하는 한 판 춤바람 신명 나는 그리움의 손짓 전해주소서. 우리 옛날처럼 얼싸안고 둥실둥실 옷자락 허공에 휘날리며 하늘 땅 하나 되게 하여 봅시다. 아름다운 부활이 되어 봅시다.

하늘나라 영생의 들판 거닐고 있을 우리의 영원한 벗 시인 허문영이여. 우리들의 그리운 친구여, 그리움이여, 사랑이여. 눈물이여. 안녕, 안녕, 안녕!

동행 —허문영 시인에게

한승태

바람 바뀌고 나뭇잎은 미처 물들기 전 떨어졌고
가물가물한 하늘에서 유성이 마구 뛰어내렸네

내가 알던 이도 지구에서 갑자기 뛰어내렸고
그때 일본 앞을 지나던 태풍도 수십 명 떨구고

교직이라는 천직 밖의 지구가 외로웠던 건가
퇴직하고 혼자 마주하는 거울이 무서웠던 건가

송진을 약탈하던 일제의 만행에도 견디던 장송이
먼 곳을 지나는 태풍에 어이없게 허리가 꺾이고

후임자에게 직을 맡기고 나온 나도 전화기를 붙잡고
인수인계에서 벗어나지 못한 귀신도 회의장을 떠도네

가자미와 소주 한잔으로 유한을 살찌운 그대는
돌아가는 나에게 무한에 이름을 걸지 말라하는데

무정한 것은 무한하고 엉킨 인연만 유한하여
발바닥이 조금쯤 공중에 들렸었다 돌아왔네

꿈에 —허문영 시인에게

한기욱

화천 작은 주말농장에 다녀오는 길이라 했다
한 손에 모종삽을 든 그가
길 가 꽃밭에서 걸어 나와
뿌리째 뽑힌 화초 수북한 바구니를
초면인 내 지인에게 건넸다
둘이 나눠 심어요, 영혼 속까지 환해질 거예요
슬프고 기뻤던 그간의 기억들을 버무려 놓은 듯한
꽃 더미 속에서
보라 꽃 한 다발이 유독 마음을 흔들었다
보라색은 아무리 들여다봐도 잘 모르겠어요
시를 닮았어요
서둘러 모종을 내야지 돌아서는데
보라 빛 물감을 뒤집어쓴 그가
집으로 가는 길이 보이지 않는다는
내 생각을 짐작했는지
가까운 듯 먼 데를 오래도록 가리켜 보였다

어디선가 약방문처럼 바람 소리 들려왔다
시 써요, 좋은 시 써요

오늘도 걷는다마는 외 4편

걷는다는 것
땅을 디디지만 마음을 다지는 것

걸을 때마다 마음은 단단해지고

가는 길 비록 꽃길은 아니지만
울퉁불퉁하더라도 편안한 길도 나오고
휘어졌더라도 똑 바른길이 나오고

걷는다는 것
세상 길을 걷는 것이 아니라
마음의 길을 따라 걷는 것

그냥 걷다 보면
뜬구름 잡으러 하늘길로 갈 때도 있다

화석길

아파트 옆 강변길에 산책길이 만들어지고 있다

콘크리트 길이라 기초공사를 하고
콘크리트를 부어 이삼일은 그대로 굳혀야 한다

호기심 많은 사람은 〈출입금지〉 금줄을 보고서도
걸어갈 수 있을지 호시탐탐 가늠을 해본다

새 길은 희망과 같은 것인지도 모른다
사람들은 어서 빨리 가보고 싶은가 보다

준공된 후 가보았더니
사람들이 콘크리트 길에 많은 발자국을 남겼다

조금만 참으면 단단해진 길을 걸을 텐데
굳지도 않은 길을 굳이 걸어봐야 했을까

성급한 이들이 남긴 발자국에 조급함을 원망해보았는데
새들도 종종걸음을 한 듯 새들의 발자국도 보였다
여러 마리가 돌아다녔는지 여기저기 새겨져 있다
사람들도 새들도 미완성 길에 족적을 남겼다

움푹 파인 사람 발자국은 보기가 좋지 않다고 생각했지만
발레 하듯 찍힌 새 발자국은 콘크리트 길의 장식인 듯 보였다

공룡화석 길을 가본 적이 있지만
산책길에도 화석이 있다고 생각하니
새는 물로 사람 발자국도 그리 나쁘게 보이지 않는 것이었다

바다로 가는 나비

강릉 가는 7번 국도
나비 한 마리가 가로 지른다

위험한 길
날개가 찢어져도
죽음을 넘어가는 나비의 꿈

망망대해로 가면
꽃도 없고 집도 없는데
무단횡단을 하고 있는 나비

길 한 가운데
망초 꽃대에 앉아
잠시 숨을 고르는데
푸른 피 도는 날개가 파르르 떤다

조금만 더 가면 쪽빛 바다
고운 꽃 기다리는 섬이라도 있는 것인지
줄지어 선 금계화가
환송 인파처럼 손을 흔드는데

온 힘을 모아

날갯짓을 하기 시작했다

나도 저 나비처럼
때론 생의 경계를 넘어가며
새로운 세상을 꿈꾸어야 하리

나의 침실로

내가 잠자는 곳
청미역이 넘실거리는 바닷속
수심이 깊다

해류가 일렁이고
검은 고래가 헤엄치기도 하고
등 굽은 새우 떼가 몰려다닌다

수컷이 암컷을 유혹하는 내밀한 바위틈도 있다

털게가 거친 사랑을 할 때
대머리까진 문어가 검은 포연砲煙을 쏘며
19금禁 장면을 가려주는 곳이다

먹을거리도 많고 볼거리도 많은데

상군 해녀만 능숙한 물질로
용왕님이 내준 짜릿한 물건 가져올 수 있다

바닷속 싸움
주로 짝짓기 때문에 일어나는데
산호초 같은 화려한 침대는 격랑 속에 물결친다

바닷속 나의 침실에도
자식, 돈 체면 같은 얘기가 나오면
어느새 난류가 한류로 바뀐다

누군가는 그냥 사는 게 재미없다며
휙 돌아눕기도 한다

양생養生

건강을 유지하고 보약도 먹고
운동도 하고 마음을 수양하여
장수하는 것을 양생이라고 말하는데

콘크리트 틀에 부어 넣고 시멘트가 단단하게 굳도록
한 며칠 놔두는 것도 양생이라고 하네

생명이 있는 것에 양생이 있는데
생명이 없는 것에도 양생이 있네

이 양생이 그 양생인가, 아무튼 좋은 말

콘크리트처럼 섞여 양생이 되는 꿈이라도 꾸고 싶어
우리는 쉽게는 부서지고 싶지 않네

생물이나 무생물이나
단단해지는 경지에는 경계가 없네

제2부

동인 조명 ①

최돈선

• 신작 시 | **자작나무 숲에서** 외 2편

• 자선 시 | **소등** 외 9편

• 시인의 말 | **나는 시인일까**

• 문학 연보

동인조명 | 최돈선

자작나무 숲에서 외 2편

청설모 한 마리가 자작나무 숲을 날았다
수우우 수우우 자작나무숲이 울었다
자작나무 숲엔 금관악기를 부는 소년이 숨어 있었다

봄엔 연두색 이파리들이 탬버린을 흔들었다
한 떼의 소나기가 후득후득 지나갔다
덩달아 뭉게구름 몇 점도 한가로이 지나갔다

희고 흰 팔뚝들이 손을 뻗어 곁의 팔뚝들을 건드렸다
바람이 서늘히 깃들어 오자
잎맥의 그물이 투명해지면서 황금햇살을 퉁겨냈다
기다렸다는 듯 화르르 새 떼가 먼 길을 떠났다

누군가 멀리 메아리를 보내고 있었다
원시림 깊은 곳으로 희디흰 이마의 계절이 왔다
자작나무는 마른 뼈로 더 깊이 울었다

우렁각시 사랑

내가 사랑해야 할 사람은
먼 곳에 있는 것이 아님을
그리워만 하는 먼 곳에 있는 것이 아님을
몰랐네
정물처럼 내 곁의 그림자 하나로
남아있는 것임을
몰랐네
그이가 내 곁에서 나를 지켜보고
슬픔과 기쁨을
눈물로 견디고 있음을
몰랐네
뜨락을 내다보다 꽃 피고 짐으로
서로의 숨결을 같이 했음을
몰랐네
그이는 마치 공기와도 같은 것이어서
있는지 없는지
어디가 아픈지
무엇이 그이를
그토록 그립게 하는지를
몰랐네

어느 날 그이가 다정히 내게로 와

손을 몰래 내밀었을 때
나는 무심코 그이의 손을 툭 쳤었네
어느 날 그이가 간절히
눈길을 건네 왔을 때
나는 흘러가는 구름만 쳐다보았네

그래도 그이는 내 곁에 있어 주었네
있는 듯 없는 듯이
내 어두운 길의
반딧불이 되어 주었네

이제야 난 그이를 보네
오래 못 본 그이를
곁에 있어도 없던 그이를
먼 길 돌아온 듯이 조용히 앉아 있는
그이의 따뜻한 등을 보네

마당의 은행나무 노란 잎으로
그이가 내게 부친 편지
난 수천 통의 그 편지를
이제야 읽네

사랑했으나 사랑받지 못한
맑고 나직한 그 목소리를

가까이 있었으나 먼 듯
눈길을 보내야 했던
희미한 상처의 그이를

용서하고 용서받는 가을입니다

1

가야금 소리에, 제 몸 절로 흘러갑니다
물소리인가, 아니면 가을 풀꽃 부르는 소리인가
모르겠습니다 이 산하 깊은 소리를 모르겠습니다
산이 메아리를 부르고 메아리 우렁우렁 강을 부르니
강이 저 혼자 산그림자 지우며 갑니다

2

산골엔 구절초 쑥부쟁이 한창입니다
지하도시엔 전철이 달립니다
김포에 언제 닿을진 알 수 없습니다
먼 길 떠나온 고단한 강이
오두산 기슭에 간신히 정박해 있습니다
저 먼 변방에서 한 사람이 보낸 편지
그 글자 위로 벌써 서리가 하얗게 내렸습니다

3

사랑하는 사람아 이렇게 첫 머리를 썼던
변방의 한 사람, 용서를 빕니다
가을볕 한 줌으로 그대 가슴 덥힐 수 있을지

억새 하얗게 눈부신 날엔 모두들 흔들립니다

그렇게 흔들리면서
외롭게, 자신을 말리는 일입니다

4
안녕 안녕
안녕 안녕, 인사를 하며 그이가 손을 흔듭니다
어쩌면 여울져 오는 이 가을 소리를
소슬히, 귀담아듣고 있는 건 아닐까요?
저무는 것이 석양만이 아님을
그이는 알고 있을까요?
사소한 조약돌마저, 붉은 날 조용히 운다는 걸
그이는 알고 있을까요?

5
그래요 그렇지요, 그럼요
아무렴 어때요
이런 말만 듣고 싶은 날입니다
송곳처럼 그대 가슴을 찌르는 말
뱀의 혀를 가진 말
한 줌 가을볕으로 눈 녹듯 사라져버리기를
용서하세요 제 잘못이에요
황금비 내리는 은행나무 길

오래오래 촛불 들고 발자국 남기고 싶어요
가을은 참 괜찮은 계절이에요
가는 길이 어딘지, 왜 사람들은 비어야 하는지
삶이 어떻게 물들고 지는지를
조용히 이야기해 주니까요
그렇지 않나요?

음, 그래요. 어쩌면…
안녕히

소등 외 9편

발갛게 불을 켠 낙엽들이
옹기종기 어깨를 맞대고 앉아 있다.
괜찮아?
응 괜찮아.
곧 추워질 텐데….
그리고 영혼이 깜빡, 소등되었다.
바람이 상주 노릇을 하며 꺼이꺼이 울었다.
낙엽은 공중에 솟구쳐 들판을 건넜다.
그때, 축포가 터지듯
가까운 버드나무 숲에서 콩새 떼가
화르르
날아올랐다.

고래

나는 하나의 의지
누구도 침범할 수 없는 힘이다.
누가 나를 부를 이 없고
나는 또 끝없이 가야만 한다.
사랑도 빛나는 꿈도
나에겐 오직 헛된 것뿐
바다의 그 끝없음만이 나를 건진다.
말할 수 없는 고독이
나의 피가 되고 굳은살이 되고
나는
이 푸른 절망의 화신이다.
바다를 밀어붙이는 나의 의지는
숨 가쁜 바다의 분노를 낳는다.
외로운 피를 낳는다.
나를 살해하려는 어떤 것도
내 살의 용기는 용서하지 않는다.
오직 처절한 피투성이 싸움뿐
이 바다에선
오래도록 나는 죽음이었고
이미 떠나버린 공허였다.
나는 바다를 숨 쉬고 또 영원히
끝없음의 여로를 가야만 한다.

울까

사람들이 울까
호수에 나가 청둥오리 되어 우짖듯 울까
들판 겨울나무 푸른 그림자로 엉엉엉 울까
눈이 오면 방문 걸어 닫고 남몰래 울까
재만 남은 화로 껴안고 서럽게 서럽게 울까
멀리서 온 바람으로 빈 흙벽 치며 울까
대문 흔들어 여보세요 여보세요 아무도 없어요
목이 메어 울까
사람들이 울까
어쩌면 사람들 모두 새 되어 떠나며 울까
후어이 후어이 떠나며 울까
어느 날 슬며시 겨울호수 내 방으로 밀려와
머리 풀어 혼절하듯 울까
사람들이 울까
눈물이 없어도 사람들은 울까
오늘도 빈 나무 우듬지에 앉아
젖은 까마귀 되어 멀리 멀리 울까

만가

누군가 펜으로 하늘에다 가로선을 그었다
상처 난 틈으로 파란 물감이 아래로 흘렀다
경계를 만든 누군가가 이렇게 중얼거렸다
흘린 물감만으로도
충분히 파래
이제 되었어
하늘은 더욱 더 창백해지고 엷어져
짙은 빛을 상실했다
더 이상 무엇을 더 어쩌라고
누군가 조용히 펜을 놓고 그 가로선 위에 누웠다
상여 하나가 적막을 안고 지나갔다
어지러운 배멀미가 가볍게 일렁였다
어디선가 멀게 매미가 울었다

달

큰 바다에 저 혼자
달이 와서 눕는다.
수많은 해가 뜨고 달이 진다.

두려운 꽃 속에 당나귀는
피를 흘리는데
나는 아직 잠들지 않는다.
말 없는 이 한밤이 기운다.

기러기 떠나가고
바람도 등불도 피도
밀물 치는 바다에
피곤한 달이 와서 눕는다
사랑에 운 내가
와서 눕는다.

나는 사랑이란 말을 하지 않았다

지금은 이름조차 생각나지 않는 얼굴이
비 오는 날 파밭을 지나다 보면 생각난다
무언가 두고 온 그리움이 있다는 것일까
그대는 하이얀 파꽃으로 흔들리다가
떠나는 건 모두 다 비가 되는 것이라고
조용히 조용히 내 안에 와 불러 보지만
나는 사랑이란 말을 하지 않았다
망설이며 뒤를 돌아보면서도
입밖에 그 말 한마디 하지를 못했다
가야 할 길은 먼데
또다시 돌아올 길은 기약 없으므로
저토록 자욱이 비안개 피어오르는 들판 끝에서
이제야 내가 왜 젖어서 날지 못하는가를
알게 되었다.
어디선가 낮닭이 울더라도 새벽이 오기에는
내가 가야 할 길이 너무 멀므로
네가 부르는 메아리 소리에도
나는 사랑이란 말을 가슴속으로만 간직해야 했다.

늑대

어떠한 배경도
이곳을 침범 못한다
다만 들판이다
숨지도 못하는 들판이다
내가 짖을 수 있는 황량한
어둠이다
아무것도 남지 않고
굶주림만 남는
오오랜 조상의 피가 물든 곳이다
이곳에서 누구나 한번은
핏빛 울음을 뉘우친다
실로 창백한 저 하얀 달을
물어뜯는 것이다
밤새도록 내게 맡겨진 싸움
원수를 부르는 싸움
애처로운 그림자를 따라
멀리멀리 돌아가야 한다
최후의 들판을 배경으로

쓸쓸하니까

쓸쓸하니까 사람들은
아무나 만난다.
거리의 담 모퉁이 새점을 치고
가여운 오백원짜리 새가 물어다 준
행복이란 운명을 호주머니에 넣는다
점괘에 적힌
오렌지빛 하늘을 믿으며 믿으며
반드시 희망은 있으리라고
남쪽으로 간다.
오늘은 쓸쓸하니까
무덤도 별이 된다
아무나 만나서 슬픔의 어깨를 구부리고
그대 가슴에 키운 새여
눈물은 마른 것이 아니라 흘러간 것임을
안다
뿔뿔이 흩어진 이름들을 모아 시를 짓고
시는 부질없으매 찢어버린다
바람에 날리는 사랑아
종이비행기를 접어 쓸쓸하니까 별이 되라고
별이 되어 누구든 기억하라고

허수아비 사랑

허수아비
왼쪽으로 기울어져 바라보는 세상
아직 아무도 눈길을 주지 않은 세상
불빛 꺼진 악다구니의 도시로부터
말라빠진 인형 두엇 쓸쓸히 걸어온다

결국 아무것도 아니다

내가 껴안을 것은 팅팅 불은 영혼일 뿐
곧 나는 한 줌 재가 되리라
이제까지 내게로 흘러오던 그 맑던 피는
소리치며 저 침통한 강으로 가는데

외롭다
결국 나는 아무것도 아님을 알겠다

언젠가 밤새도록 편지를 쓰면서
내 지나온 어린 시절의 천둥소리 들으면서
물끄러미 바라보던 흐린 창밖 우울한 도시의 밤하늘엔
빨간 불똥의 비행기 하나 어디론가 가고 있었다

지나온 묵은 인생이 분명치 않고

앞으로 살아야 할 날이 내게는 더더욱 분명치 않으니
내 가느다란 팔뚝에 매달린 손목시계가 재깍거리는지
아니면 꼼짝없이 비명을 지르며 멈추어 있는 것인지
난 모르지만

누가 버린 인형일까
저토록 비틀거리면서도 팔뚝 없는 모가지를 흔들며
걸어오는 또 하나의 나.

관계

두엄 놓고 호박씨 놓았더니
호박꽃이 피었어요
하늘 널어놓고 종이비행기 날렸더니
바람이 왔어요

나는 시인일까

최돈선

　나는 시인이라 불리운다. 오십 년째 나는 그렇게 불리어지고 있고, 나는 그 호칭을 즐긴다. 나는 시인이다. 69, 70년 두 번의 신춘문예와 월간문학에 시가 당선되자 그로부터 현대문학지 발간 주소록에 내 이름이 오르기 시작했다.

　그 이름 하나로도 나는 배가 불렀다. 70년 당시, 강원도엔 문단에 등단한 시인이라곤 열이 채 안 되었다. 그래서 나는 시인이란 이름이 늘 자랑스러웠다. 전국에 분포된 시인이 300명이 안 되었을 때였다. 당시는 문단에 나올 수 있는 방법이 신춘문예와 현대문학, 월간문학, 현대시학 등 주요 문예지에 한정되어 있었다. 그때는 시집 한 권 내기가 하늘의 별따기처럼 어려웠다.

　할 수 없이 뜻이 맞는 시인들이 모여 동인지를 만들어냈지만 20~30페이지가 고작이었다. 철필로 등사원지를 긁어낸 다음, 손으로 잉크가 묻은 롤을 굴려서 찍어냈다. 수작업으로 하다 보니 잉크가 제대로 묻지 않아 글자들이 선명하고 고르게 나오지 않을 때가 많았다. 그래도 그 동인시집을 손에 쥐면 늘 설레고 가슴이 벅차오르곤 했다.

동인들은 프린트된 인쇄물을 외우고, 서로의 시를 평가하느라 밤이 새는 줄도 몰랐다. 시는 우리들의 양식이었다. 시는 우리들의 생명이었다. 시는 삶의 희망이었다. 시는 인간의 저 깊은 내면의 성찰이었고, 시는 개인과 역사의 도도한 강물이었다.

그래서 시인이 된 것이 한없이 자랑스러웠다. 밥이 되지 않는 시를 쓰면서도 자부심은 그 어느 누구보다 대단했다. 시인이란 이름 하나로도 존경을 받는 시대였다.

시인!

그렇다. 나는 시인이었다. 이 나라에서 가장 아름다운 시를 쓰고자 노력했던 한 시인이었다. 그러나 그것도 잠시, 어느새 시인이란 이름이 점점 내 어깨를 무겁게 짓누르기 시작했다.

나는 이태백도 아니었고, 두보도 아니었으며, 워즈워드도 아니었고, 엘리엇도 아니었다. 한국의 김지하도, 서정주도, 신동엽도 아니었다. 당연했다. 나는 그저 서정시나 쓰는 사소한 시인일 뿐이었다. 아직 젖도 덜 떨어진, 지방에 처박혀 그저 그런 서정시나 쓰는 나를 문단에선 거들떠도 보지 않았다.

2년 동안 문예지나 시 전문지에 이름을 올리곤 나는 사라졌다. 나는 영원히 문단의 유력자들 기억에서 지워져버린 것이다.

나의 시는 이 시대가 요구하는 시가 아니었던 것이다. 서정시를 쓰는 시인은 고리타분한 이미지나 주물럭거리는 한물간 사람일 따름이었다. 당시의 문학 흐름은 거대한 정치적 참여의 시가 주류를 이루었다. 1970년 5월 김지하의 〈오적〉이 등장한 이후, 시는 새로운 물결이 일었다. 따뜻한 봄날, 나는 도서관에서 사상계에 실린 〈오적〉을 읽었다. 나는 절망했다. 이런 시를 쓰는 시인에게 나는 열등감에 사로잡혔고, 질투심이 이글이글 끓어올랐다. 김지하 시인의 날카로운 세태풍자에 나는 숨이 턱 막혔다.

나는 소녀적인 서정시나 쓰는 시인일 뿐이야, 라는 자책에 주먹으로 가슴을 쳤다.

결심이 선 나는 며칠 밤을 지새워 〈지하도시의 건달들〉이란 제목의 장시를 썼다. 그렇게 막힘없이 시가 써질 줄은 몰랐다.

그러나 내가 쓴 시를 받아주는 문예지는 아무도 없었다. 사실 나는 문단에서 버림받은 거나 다름없었다.

나는 할 수 없이 내 손으로 등사판 시집을 만들어 지인 20여 분에게 나누어주었다. 어느 날 춘천 중앙로 지하다방을 찾았을 때, 그 주인에게서 조심하라는 귀띔을 받았다. 중앙정보부에서 일하는 사람이 그러는데, 네 시가 불량하대!

아, 어찌 이런 일이! 불온이 아니라 불량이었다. 나는 불온시인으로 당당히 그들에게 찍히고 싶었다. 이 나라 이 시대를 마음껏 풍자하고 마음껏 조롱하는 시인으로 기억되길 바랐다. 『지하도시의 건달들』은 세 건달이 골목에서 일어나는 풍경과 사건을 코믹하게 풍자한 장편서사시였다. 건달들이 등장하여 떠드는 담시이므로 언어의 조악함과 비속어, 조잡한 치기어림, 불특정한 비아냥거림 등이 읽는 이로 하여금 불편함을 느끼게 했을 수도 있다. 하지만 불량이라니! 내게 있어 얼마나 충격적인 모욕이란 말인가.

불온하다와 불량하다의 차이는 얼마나 큰 차이인가. 나는 불온한 시인이고 싶었지 불량한 시인이 되고 싶은 마음은 추호도 없었다. 그러나 나는 비속어를 남발하는 저질스런 불량시인으로 낙인찍혀 버린 것이다.

아하, 그래서 문예지에선 내 시를 받아주지 않은 것이었구나.

저질!

나는 저질시인이었다. 나는 문예지에서도 문전박대를 당하였고, 민주투사를 잡아다 무섭게 족친다는 중앙정보부에서도 저질이란 낙인과 조롱을 받아야 했다. 만약 중정에서 나를 잡아 지하실에 가둔다면 나는 사상검증의 닦달을 받는 것이 아니라, 난잡하고 지저분한 언어를 사용하는, 저질시인으로서의 혐의로 힐난을 받게 될 처지였다. 나는 싹수가 노란, 형편없는 삼류시인이 되고야 만 것이다.

그것으로 나는 시와 결별했다. 그리고 그해 겨울을 시작으로 전국을 떠돌았다. 랭보는 시에다 침이나 뱉으라고 선언한 뒤 방랑을 하다 죽었지만, 난 시에다 아무것도 뱉을 수 없는 떠벌이 시인이었고, 그 어떤 선언조차도 가당치 않은 초짜 시인일 뿐이었다.

나도 랭보처럼 방랑했으나 랭보처럼 돌아와 랭보처럼 병원에서 죽지는 않았다. 나는 시골집 구석방에서 일 년을 죽은 듯이 잠만 잤다. 밥 먹고 나면 자고, 자고 일어나면 밥 먹고 또 잤다. 나의 마른 몸은 회복되어 살이 올랐다. 나는 살아야 했다. 스물일곱씩이나 나이를 먹은 자가 집안에 아무런 도움이 안 된다면 식충이란 말밖엔 더 들을 것이 없었다. 부모님을 모셔야 했고, 생활을 책임져야 했다. 이듬해 지금의 9급 공무원시험에 합격하여 집 근처 면사무소에서 근무를 시작했다. 나는 나 자신을 시골 한촌에 유폐시켜 버렸다. 나는 오로지 고독한 자신일 뿐이었다.

말단공무원의 일은 사무실에서 서류를 만지는 일보다는 마을 출장 가는 일이 다반사였다. 오전에 사무를 보고 나서 곧바로 담당마을로 떠났다. 산골길은 먼 길이었지만 차량이 없는 탓에 걸어서 다녔다. 면사무소에서 아주 먼 곳은 다섯 시간이 넘게 걸렸다. 1박 2일로 자고 오는 경우도 많았고, 비교적 가까운 마을이라도 저녁 늦게야 돌아오곤 했다. 어느 땐 동네 주민이 건네주는 탁주 몇 사발에 취해 밤길을 걸었다. 달빛이 환하게 비치는 길, 조팝나무 눈부셨던 그 길을.

개울 징검다리를 건너고, 가파른 언덕을 넘었다. 어두운 소나무 숲을 지날 땐 무서움을 이겨내려고 남진의 '가슴 아프게'를 소리 내어 불렀다. 산은 그런 나를 침묵으로 어루만져 주었다.

그럴 때마다 문득 나는 시가 그리워지곤 했다. 나는 끝난 것일까.

그때 한 사람을 만났다. 그니는 춘천에서 온 19세 소녀였다. 5년여의 세월을 함께하며 서로를 알게 되었다. 그리고 결혼했다. 나는 결혼한 그해, 공무원 생활을 접고 중등교원 자격시험 준비를 했다. 당시엔 고등학교 졸업장만 있으면 응시 자격이 주어졌다. 나의 아내가 된 소녀는 인제 서화에서 공무원을 하고 있었다. 우린 그곳에서 신혼살림을 차렸다. 아내가 직장에 출근하면 난 방에 혼자 남아 공부를 했다. 6개월 만에 자격시험이 통과되어 전라남도 완도수고 국어교사로 발령이 났다.

80년 봄이었다. 5월의 광주항쟁은 남쪽 끝 섬 완도(莞島)에까지 거세게 밀려왔다. 우리 학생들은 시위대와 함께 육지로 건너갔다. 그토록 격렬한, 그토록 힘겨운, 그토록 아득한 날들을 나는 잊을 수 없다. 붉은 동백꽃이 떨어지고 죽음과 고통과 통곡이 지나갔다. 카빈총과 죽창을 든 사람들의 모습이 흑백 영화필름처럼 떠올랐다. 이들이 왔을 때 말없이 물병과 주먹밥을 건네던 마을 사람들이 시야에 흐리게 번졌다. 그렇다고 나는 어떠한 시도 쓰지 않았다. 아니 쓸 수가 없었다. 가슴에 큰 돌덩이가 얹어진 느낌이었다.

나는 시인이 아니었다. 그저 그냥 무력한, 아무것도 할 수 없는 사람일 뿐이었다.

그해 8월 나는 춘천으로 왔다. 강원고등학교 교사로 온 뒤, 나는 시집 한 권을 엮었다. 『칠 년의 기다림과 일곱 날의 생』이란 시집은 그렇게 세상에 나왔다. 내 최초의 시집이었다. 문단에 얼굴을 내밀고 사라진 지 13년 만이었다. 서정시만 묶었다. 아니 내겐 그것밖에 남은 게 없었다.

저질스런 혐오의 시는, 내게도, 그 누구에게도 남아있지 않았다. 그해 나는, 다방주인의 귀뜀을 듣고 즉시 그 프린트 된 시를 모두 수거해 불살라버렸기 때문이다. 지금 생각하면 그 시는 하나의 기록이었다. 내 생의 한 부분이었고 아주 소중한 내 개인사였다. 그 시는 사회의 치부를 드러낸 시였고, 야유와 조롱과 난잡한 성사회를 향한 팔뚝질의 시였다. 그럼에도 난 왜 그걸 부끄러워하고 두려워했을까.

나는 그게 아쉬워 2000년 『불의 노시』란 시집을 고려원에서 출간했다. 그로테스크하고 엽기적인 내용이 수록된 시집이었지만, 『지하도시의 건달들』엔 미치지 못했다. 꽤 반응을 보인다 싶었는데 출판사 고려원이 망해 버리고 말았다.

나는 지금도 시인일까. 이 의문은 계속되고 있다. 하지만 언젠가 쓸 수밖에 없는 때가 온다면, 그건 내게 있어 마지막 기회가 될지도 모르겠다.

그때를 기다린다.

아마 그건 무모한 희망일는지도 모르지만. ◗

- 1969년 강원일보 신춘문예에 「봄밤의 눈」 당선. (심사위원 서정주, 박목월)
- 1970년 5회 월간문학에 시 「시점」으로 신인상 당선. (심사위원 김현승, 서정주)
- 1971년 동아일보 신춘문예 동시 「철이와 남이의 하루」 당선. 필명 김소국(최돈선)
- 1984년 시집 『칠 년을 기다림과 일곱 날의 생』 간행. (영학출판사)
- 1989년 강원문학상 수상.
- 1990년 시집 『허수아비 사랑』 간행. (동문선)
- 1990년 에세이집 『외톨박이』 간행. (동문선)
- 2000년 시집 『물의 도시』 간행. (고려원)
- 2011년 서정시 모음집 『나는 사랑이란 말을 하지 않았다』 간행. (해냄)
- 2012년 창작지원대상 희곡 『파리블루스』 (청선문화예술원)
- 2013년 에세이집 『너의 이름만 들어도 가슴속에 종이 울린다』 간행.
  (작가와 비평, 세종나눔도서 선정)
- 2015년 에세이집 『느리게 오는 편지』 간행. (마음의 숲)
- 2015년 시집 『사람이 애인이다』 간행. (한결)
- 2016년 화시집 『울림』 간행. (한결)
- 2017년 희곡집 『파리블루스』 간행. (한결)
- 2017년 첫 시집 『칠 년의 기다림과 일곱 날의 생』 재출간. (북인)
- 2019년 기행에세이집 『매혹과 슬픔』 간행. (마음의 숲, 세종교양도서)

제2부

동인 조명 ②

임동윤

• 신작 시 ㅣ **오늘** 외 4편

• 자선 시 ㅣ **덕거리의 겨울** 외 4편

• 시인의 말 ㅣ **내 시의 요람, 덕거리의 겨울**

• 문학 연보

동인조명 | 임동윤

오늘 외 4편

지금
나에게 중요한 건 오늘이다

몸의 나사가 풀려 삐걱거리고
근육마디 마디 조금씩 졸아드는 오늘
즐겁게 사는 게 중요하다

보고 싶은 것 맘껏 보고
먹고 싶은 것 맘껏 먹고
하고 싶은 것 맘껏 할 수 있다면

내일보다
오늘이 중요하다

부디, 아프지 마라*

* 나태주의 시에서 인용

나무를 위한 변명

가지 하나 이파리 하나 키우기 위해
더듬어 물길 찾아가는 거룩한 촉수
캄캄한 길을 더듬어가는 뿌리

연둣빛을 켜 든 가지의 힘은
뿌리가 길어 올리는 소슬한 사랑
뿌리와 가지는 나무의 전 생애다

서로 만날 수 없는 거리에서
뿌리는 제 머리에 뜨는 별을 모으고
이 밤에도 가지 끝으로
하늘 같은 등불 하나 올려보낸다

보아라,
뿌리 없는 집은 허물어진다
뿌리는 나무의 기둥, 가지는 등불

서로 보듬는 그리움으로
나무는 오늘 더욱 단단해진다

명태를 보며

통통한 뱃속에는 참깨 같은 알들
뱃가죽 짓무르도록 훑어낸다
선홍색 알들을 보니,
그녀의 마지막이 선명하다
눈 감고도 처연하다
매끈한 몸 주고
콜라겐 많은 껍질 주고
마지막 자식까지 내어주는,
어느 것 하나 버릴 것 없이
전부를 보시하는 기구한 어머니
눈먼 것들 키운다고
먹여주고 입혀주고
제 육신 하나 건사하지 못하다가
내장마저 내주고
최후로 자식까지 빼앗겨서
아 아, 정신조차 끝장낸 어머니
투명한 유리병에 담겨
이 봄날
좌판에서 기웃거리는 것을

바다의 얼굴

바다는,
이 세상 모든 물을 가리지 않고 받아들이지
그래서 너와 나는 하나가 되지

오염된 것이든 냄새나는 것이든 죄다 받아들이지
그런데도 고유한 색깔과 맛을 잃지 않지
그게 바다니까

폭풍우가 몰아쳐도 몇 날 며칠 비가 와도
그 모든 것 다 받아들이지, 그런데도 수위는 변하지 않아

다 받아들여도 잔잔하고 고요하기만 한 바다,
소금기 많은 곳인데도 뭇 생명은 평화롭게 살지
그만큼 바다는, 크고 넓은 가슴을 가졌기 때문이야

스스로 낮은 곳에 있어야 모든 걸 받아들일 수 있는,
낮은 자세로 바라보아야 우주처럼 넓어질 수 있는,
그래 우리 사는 곳은 하늘이 아니라 가장 낮은 바다지

또 하나의 사건 — 마스크 · 5

절친 하나가
하늘나라에 들었다

그들 가족과도
단절되었다, 갑자기

참, 무섭다

덕거리의 겨울 외 4편

울진행 막차는 끝내 오지 않았다
사흘 밤 사흘 낮을 지새는 눈발은 좀처럼 그치지 않고
가마솥 쇠죽 쑤는 아궁이마다
잘 마른 참나무 장작 몇 덩이 던져 넣으며
나는 추억처럼 아득한 시간들을 그리운 이름들로 불러보았다

초가지붕 추녀까지 뒤덮으면서
통고산 멧돼지 배고픔으로 그냥 지쳐 마을까지 밀려오면서
눈보라 속 모든 길은 보이지 않고 시작과 끝이 매몰되었다

여섯 자 세 치 몸 빠지는 눈구렁 속
우물길 찾던 아지매들 쿨룩쿨룩 잠들고
가마솥마다 펄펄 끓어 넘치는 옥수수 깡마른 대궁들
활활 타오르는 참나무 숯불 위에 번뜩이는 적의, 분노의 칼날이여

옥수수 깡마른 대공만 질겅질겅 씹어
되새김질하는 부사리의 한숨도
더러는 사는 일이 퉁퉁 불은 통나무 쪼개는 일보다

더 질기고 아프다는 것을 아무도 말하지 않는다

가마솥마다 도토리가 삶겨서
미움의 떫은맛도 가시고 한 덩이 묵으로
눈뜰 때쯤 제 무게에 겨워 쿵쿵 허리 부러져 나자빠지는
소나무 잣나무 전나무 가문비나무여
쿵쿵 허리 부러져 눕는 신음소리는 야트막히 하늘 떠돈다

날개 짧은 새 한 마리 눈 녹는 굴뚝 언저리로 숨고
식어가는 아궁이마다 잘 마른 참나무장작 몇 덩이 던져넣으며
밤새도록 나는 아픈 추억의 그리운 순간들을
따뜻한 얼굴들로 지피고 있다

나무 아래서

아버지는 죽어서도 여전히 키 큰 나무다
피가 돌지 않는 아랫도리는 썩고
그곳으로 벌레들이 몰려와 집을 짓지만
아버지는 한 번도 고통을 호소한 적이 없다
가지마다 연둣빛 자식들을 올망졸망 매달고
크고 탐스러운 열매들을 키워내는 가을이면
아버지는, 한 그루 풍성한 세상의 나무였다
그러던 나무가 갑자기 잎을 떨궈버렸다
바지런히 물 뽑아 올리던 뿌리도 말라버리고
햇빛 맘껏 끌어당기던 연둣빛 눈들이
시들시들 땅으로 떨어져 내린 것이다
바람 많은 세상의 무수한 죽음 중에서
모든 소임을 다하고 눈을 감은 아버지
그 성스런 최후가 무척 평온한 듯 보였다
아버지를 닮는 것이 소원이지만
나는 안다, 아버지의 행적을 따라가자면
비바람 모진 세월 오래 견뎌야 한다는 것을
그러나 내가 짓는 집들은 너무 작고
눈보라를 감당하기엔 아직 허술하다는 것을
이 고요한 아버지의 비밀을 엿보려고
바람은 국망봉까지 찾아와
푸른 잔디의 등을 부지런히 쓰다듬는다

가난하지만 넉넉한 마음으로 잎을 피운,
단단한 열매로 세상을 장식한 저 나무들
아버지라는 이름만으로도 거룩한 희생임을
나는 안다, 바람 많은 날 뒤돌아보면
여전히 아버지는 한 그루 나무라는 것을

가벼운 것이 그리운 저녁

눈 내린 고향집 마당에서
참새 떼가 푸른 아침을 물고 한참을 놀다갔다
눈향나무에 이는 은물결 찰랑이는 햇살을 맘껏 주어먹다가
아무도 밟지 않은 눈밭에 수없이 많은 발자국을 찍어주고 갔다

혹한과 바람 속을 견뎌온 저 말간 발들
수십 번 오갔을 텐데 눈밭은 오히려 솜사탕처럼 부풀어있었다
막 문을 여는 꽃봉오리처럼, 그것은
어느 것 하나 다치지 않게 제 몸의 무게를 줄인 탓이다
저 희고 순결한 눈밭에 검푸른 점 하나 남기지 않으려고
적게 먹고 날개의 부력을 한껏 높인 탓이다

어쩌면 새는, 누군가를 짓뭉개는 일을 몰랐을 것이다
아니, 알고도 버렸을 것이다
저마다 자리를 독점하기 위해 눈 붉히며 몸집을 불리는
그대들과는 애초부터 생각이 달랐을 것이다
어깨마다 걸린 무거운 짐이
저 순결한 눈밭에 검고 깊은 자국을 남긴다는 것을
새들은 생각조차 하기 싫었던 것이다

바람의 길을 허허롭게 가는 가랑잎처럼
쌓인 눈덩이를 몸 흔들어 스스로 무게를 줄이는 소나무처럼

눈 내린 고향집 마당 한가운데 서서
검게 찍힌 내 몸무게를 어떻게 할까 고민, 고민하다 왔다

소리가 불을 켠다

말랑말랑 서리 맞은 감들이
추운 허공에 불을 매달고 있다
바람 한 점 없는 날인데
가끔 바닥으로 몸을 던지기도 한다
철퍼덕, 철퍼덕
떨어지는 소리로 나무 밑은 환하다
손닿을 수 없이 높은,
장대로도 따 내릴 수 없는
저 아득한 거리에 날짐승들을 위해
하느님이 매달아 놓은 겨울양식
작고 연약한 벌레들을 위하여
철퍼덕 떨어뜨려 주시기도 하고
추운 허공의 새들을 위하여
하늘 한 귀퉁이 비워놓으시기도 한다
서로 등 돌리고 사는 땅에서
바라보는 것만으로도 넉넉한
저 오래된 나뭇가지 아래,
떨어지는 소리가 주홍 불을 켠다

명중하는 것들은 슬프다

달이 뜨기 전 저수지는 고요하다
빗방울이거나 바람이 와서 겨드랑이를 간질이지 않으면
그의 얼굴은 잔잔하다

자정 무렵, 저수지에 가서 지켜보라
버드나무 그늘은 아무런 미동도 없는데
어디선가 풍덩, 수면이 흔들리는 것을 보게 될 것이다

어떤 사내가
변두리에서 물의 중앙을 향해 훌쩍
아주 가볍게 티끌처럼 몸을 날린 탓이다

그러나 그 뿐, 다시 중심은 고요해진다
오직 몸을 던진 사내만이 흔들리는 것은
그가 바깥에서만 몸을 담은 탓이다

아무도 그의 최후를 슬퍼하지 않는다
오직 수면이 흔들리는 것은
문상 와 울어주는 참붕어와 버들치가 있기 때문이다

빗방울이 수면에 동그라미를 그리고
그 물결무늬는 쉽게 지워지지만
사내가 그린 풍경화는 쉽게 지워지지 않는다

내 시의 요람, 덕거리의 겨울

임동윤

━ 눈과 불의 상징, 생명력을 위하여

나는 겨울을 즐겨 노래한다. 내 유년의 기억으로는 울진군 금강송면 통고산 아래 두메 마을인 덕거리엔 유난히도 겨울엔 눈이 많이 왔다. 어느 해인가 초가집 추녀가 눈에 묻히고 눈 속에 터널을 뚫고 우리집과 이웃집을 다녔을 정도로 폭설이 한 사나흘 내리기도 했다. 눈만 오면 마을은 모든 것이 단절되고 오직 적막이었다. 눈을 녹여 마실 물을 만들기도 했던, 그야말로 바로 자연 그대로였다.

산과 골짝에 눈이 녹기까지 나는 외롭고 오직 내가 할 수 있는 일이란 싸리나무로 참새를 잡기 위한 새틀을 만드는 일, 앉은뱅이 썰매를 만드는 일, 그리고 감자 고구마를 질화로에 묻어두는 일, 연을 만드는 일, 그리고 눈 속에서 긴긴 겨울잠을 자연과 함께 자는 일뿐이었다.

그래서 내 시엔 겨울이 자주 등장하고 또 눈이 하염없이 또 지속적으로 내리는 것이 가장 큰 특징이다. 내 시에서「눈」은 '하늘 무너지게/ 사흘 밤 사흘 낮을/ 흐벅지게/ 굴피지붕 무너지게/ 여섯 자 세 치나 쌓이고/ 퍼렇게 날세우며/ 흙집 쓰러지게/ 점점 더 굵어지고 세차게/ 모든 길이 무너지게/ 토담집 추녀까지 눈에 묻히게'와 같이 그야말로 흐벅지게 쌓이고 있는 셈이다. 그만큼 눈은 내 시 정신을 이끌어가는 시적 상상력의 동인이자 서정적 형상력의 촉매로서 긴밀하게 작용하고 있다.

그런데 이 눈이 기본적으로는 암담함 또는 절망으로서 겨울 의식에 뿌리는 두고 있으면서도 그 내면에 따뜻함 또는 희망적인 기다림의 상징으로서 다시 살아나는 불씨를 내포하도록 한다는 점이 다분히 의도적이기도 하다. 이 점이 내 시의 단점이랄 수도 있다.

차가움으로서의 눈과 따뜻함으로서의 불의 이미지 대조를 통해서 삶의 모순성 혹은 삶의 양면성을 반영하는 동시에 서정적 형상력의 아름다운 긴장력을 성취하고자 한 것이다. 다시 말해 절망할 것만 같은 겨울 의식 속에서 노동을 통한 삶의 의지를 확인함으로써 거듭 생명 의지 또는 목숨에의 꿈을 실현하고자 하는 것이다.

─ 겨울의식 혹은 사는 일의 고달픔

내 시를 관류하는 것은 겨울 의식 혹은 사는 일의 고달픔이다. 위의 시에서 보듯이 오래 사용하여 이제는 그 기능이 떨어져 자주 고장이 나는 폐차처럼 우리 몸도 그렇게 마멸되어 간다. 무게 중심을 제대로 잡지 못해서 흔들리거나, 어둠이 자욱한 길 한가운데서 길을 잃고 방황하는 모습으로 표상되기도 한다. 날마다 내 몸에서 떨어지거나 새어나가는 것들, 하루가 다르게 마멸되어 가는 정신들, 이젠 불 밝힐 수 없는 희망들, 그 위에 절망처럼 붐비는 부식의 시간을 본다.

짓이겨진 날개, 뽀얗게 쌓이는 먼지의 세월, 이젠 켤 수 없는 전조등, 녹슨 철판 위에 붐비는 부식의 시간처럼 우리 사는 일이란 끝없는 소멸이며 시간과의 싸움, 그리고 인내와 기다림의 한 과정인 것을. 삶 또한 고달픈 것이고 덧없기 짝이 없는 것이라는 비관적인 인식이 내 시엔 무슨 강물처럼 도도히 흐르고 있는 것이다. 이것은 나의 체질이고 숙명이다. 말하자면 세상을 바라보는 눈이 기본적인 면에서 비관적이고 부정적인 의식에 뿌리를 두고 있기 때문일 것이다.

그만큼 요즘의 세상살이가 힘들고 고달프다는 사실의 반영이라고 할 것이며, 이 점에서 이러한 의식을 일컬어 나는 <겨울의식>이라고 명명한다. 이러한 비관적인 현실 인식은 아마도 유년 시절 내 고향 울진군 금강송면 쌍전리에서 보낸 그 겨울의 깊은 상처 때문인지도 모르겠다.

삶을 찾아 도시로 떠나는 젊은이들의 이농으로 인해 점차 황폐화해가는 농촌과 헐값으로 무너져 내리는 소값 돼지값처럼 농민들의 삶의 값도 나날이 하락해 가는 모습에 대해 한동안 나는 분노하고 있었다. 민족적 삶의 원형인 농촌과 농민의 삶이 파괴되어 가는 것이 무척이나 안타까웠던 셈이다.

이렇게 본다면 내 시를 관류하는 것은 아무래도 뿌리 뽑힌 사람들, 혹은 소외된 사람들의 삶에 대한 아픈 성찰이다. 이러한 소외와 고통을 속으로 끌어 안고 우리 삶의 일반적인 모습으로 전형화시키고 내재화시키고자 한다. 그리하여 나는 삶의 위안과 견인력을 얻고 마침내 삶의 고양을 성취해내는 일에 기여하고자 한다.

그렇다면 시란 무엇이며 또 무슨 의미를 가질 수 있어야 한다는 말인가? 근원적인 면에서 시란 허무와의 싸움이고 절망에서 희망을 소망하는 한 양식이라고 나는 말하고 싶다. 절망의 비망록 또는 허무에의 각서로서의 의미를 지닌다는 뜻이다. 그러면서도 시는 그러한 고독과 허무, 절망과 시련으로부터 일어서야 한다. 일어서서 아픈 생의 극복과 고양을 성취하려는 희망의 양식이어야 한다. 아니면 부활의 기도라고 할 수도 있으리라.

내 시에서 불꽃이나 불빛, 또는 봄이나 아침의 이미저리가 지속적으로 등장하는 것도 이러한 희망의 빛과 부활의 꿈을 회복하고자 하는 열린 의지의 반영이라고 보아도 무방할 것이다.

- 1966년 학원문학상 수상 및 각종 백일장 입상.
- 1968년 강원일보 신춘문예 시 「순은의 아침」 당선. (박목월 조병화 심사)
- 1969년~현재 강원도 최초로 결성된 시 동인 〈표현시〉 창립 멤버.
- 1992년 문화일보 신춘문예 시조 「대장간에서」 당선. (이근배 심사)
- 1992년 경인일보 신춘문예 시조 「나의 노래」 당선. (박시교 심사)
- 1992년 제7회 청구문화제 시 「덕거리의 겨울」 당선. (황동규 심사)
- 1992년 『월간문학』 신인상 시조 「지리산 고로쇠나무」 외 1편 당선.
- 1993년 『시와시학』 신인상 시 「겨울 판화집」 외 5편 당선.
- 1994년 첫 시집 『은빛 마가렛』 간행 (시와시학, 해설 김재홍)
- 1996년 한국일보 신춘문예 시 「안개의 도시」 당선. (신경림, 김광규 심사)
- 2000년 한국문화예술진흥원 한국문학특별창작지원금 (1천만 원) 수혜.
- 2000년 고교 지리교과서 (지학사 간) 댐 단원 「안개의 도시」 수록.
- 2001년~2011년 (사)우리시진흥회 사무국장, 편집주간, 이사장 역임.
- 2001년 경기문화재단 문화예술진흥기금 수혜
- 2001년 제2시집 『연어의 말』 간행. (문학과 경계, 해설 조창환)
- 2002년 수주문학상 대상 수상 (시, 「나무 아래서」, 부천문화재단)
- 2002년 한국문화예술진흥원 문화예술진흥기금 수혜.
- 2002년 제3시집 『나무 아래서』 간행. (다층, 해설 유성호)
- 2004년 한국문화예술진흥원 문화예술진흥기금 수혜.
- 2004년 제4시집 『함박나무가지에 걸린 봄날』 간행. (문학과 경계)
- 2005년 경기문화재단 문화예술진흥기금 수혜.
- 2005년 제5시집 『아가리』 간행. (문학의전당)
- 2010년 김만중문학상(유배부문) 수상 (남해군, 시 「초옥 가는 길」 외 6편)
- 2011년 경기문화재단 문화예술진흥기금 수혜.

- 2011년 제6시집 『따뜻한 바깥』 간행. (나무아래서)
- 2012년 천강문학상 수상 (의령군, 시 「감자를 캐며」 외 2편)
- 2013년 경기문화재단 문화예술진흥기금 수혜
- 2013년 제7시집 『편자의 시간』 간행. (시와소금)
- 2015년 춘천시문화재단 문화예술진흥기금 수혜
- 2015년 제8시집 『사람이 그리운 날』 간행. (소금북)
- 2016년 강원문화재단 문화예술진흥기금 수혜
- 2016년 제9시집 『고요한 나무 밑』 간행. (소금북)
- 2017년 한국출판문화산업진흥원 출판콘텐츠 창작지원금 선정
- 2017년 제10시집 『숨은바다찾기』 간행. (시와소금)
- 2017년 강원문화재단 문화예술진흥기금 수혜.
- 2017년 제11시집 『저 바다가 속을 내어줄 때』 간행. (시와소금)
- 2019년 강원문화재단 문화예술진흥기금 수혜.
- 2019년 제12시집 『풀과 꽃과 나무와 그리고, 숨소리』 간행. (소금북)
- 2020년 춘천문화재단 문화예술진흥기금 수혜.
- 2020년 제13시집 『고요의 그늘』 간행. (소금북, 문학나눔 도서 선정)
- 2020년 한국출판문화산업진흥원 출판콘텐츠 창작지원금 선정
- 2020년 제14시집 『그늘과 함께』 간행. (소금북)
- 2021년 제10회 녹색문학상 수상. (산림청, 산림문학회 주관)
- 2021년 강원문화재단 문화예술진흥기금 수혜.
- 2021년 제15시집 『나무를 위한 변명』 간행. (소금북)
- 현재 한국작가회의, 한국가톨릭문인회 회원.

표현시

눈썹을 주제로 한 시

김남극　김순실　박해림

윤용선　이화주　정주연

최돈선　한기옥　허　림

황미라

김
남
극

눈썹

오래된 지인이 눈썹 문신을 하러 가자고 한다

거울 속 내 눈썹을 한참 들여다본다

볼품없다

세상에 웬만한 것들은 자세히 들여다보면 오묘하거나 신
비로운데

내 눈썹이 하찮다

살아갈수록 내 하찮은 생활을 닮은 눈썹을 다시 그려야
할지 말지

갑자기 추위는 오고 서리가 내리고 낙엽이 진다

실레마을의 밤

음악이 흐르고
연극배우가 김유정의 수필
'오월의 산골작이'를 낭독하는 밤

새파란 눈썹달 뜬 하늘 올려다보면
'밥이 따스하니 한술 뜨게유' 하는 말에
움푹 꺼져 숟가락 같은 달에
하얀 쌀밥 소복이 담긴다

김유정의 글 속에서는
시루 닮은 실레미을 뻐꾸기며 새들의 지저귐
소 모는 소리, 졸졸 시냇물 흐른다

몸속에 옹이처럼 박힌 무심한 고향
얼마나 그리웠을까
그 젊은 넋의 아름다운 유정을 듣는 밤

어둠 내린 실레마을에서
더 깊어진 그의 눈매 느끼며
오월의 밤바람 맘껏 들이마신다

눈썹

박
해
림

원뿔을 밑에서 보면 원으로 보이고
옆에서 보면 삼각형으로 보인다는데,
눈썹을 위에서 보면 나는 누구일까
아래에서 보면 또 무엇일 것인가
궁금해하다가도 더 궁금해지는 것은
내가 정말 보이기는 할까였다
거울을 보지 않고선 내 얼굴이 어떻게 생겼는지도
알아볼 도리가 없는데
무엇보다 쓸모가 애매해서
눈썹이 뭐 대수인가라고 여기며 살았다는 것을
마스크를 쓰고서야 알았다
모른 척 가리고 외면해도
눈썹은 한 번도 나를 떠난 적 없었다는 것을
경계를 가른 적은 더욱 없었다는 것을
가리고 숨기고 모른 척하고 살았던 날들을
다 받아 내고도 이의제기한 적은 더더욱 없었다는 것을
그러니 경계여 있는 듯 없고 없는 듯 있는 경계여
고로 존재하므로 존재한다는 것을 이제 알겠다

눈썹

윤
용
선

한 얼굴에 난 털이면서
누군 눈썹이고
누군 콧수염이고
누군 그저 수염이다
그런데 두 눈두덩 위 눈썹이
맨 윗자리에 있다고
속눈썹과 한통속이 되어
코 아래 더부룩한 콧수염에게
지저분하다고 뭐란다
입 주변과 턱 뺨 여기저기에
아무렇게나 자란 수염에게도
제 멋대로라고 뭐란다
정작 수염과 콧수염은
남성의 근엄한 상징이라는 걸
알고는 있으면서 그러는 건지
한참 딱하다

이
화
주

눈썹

눈썹은
마음의 창에 달린 귀여운 차양

누군가의 가슴 속에서 날아나 온
작은 새 한 마리
포르르 내 마음의 창, 차양에 날아와 앉는다.

마음을 들여다볼까 말까?
생각을 다듬고 있다.

눈썹

그대
영혼의 집
그 작은 호수 위 초생달

우주 만물의 역사가 잠긴
천 길 물속보다
더 깊고 깊은 눈길

그 눈비를 가리는 파수꾼
성긴 지붕

최
돈
선

눈썹

나는 남방계가 아니다.
설원을 누비는 북방계의 자손이다.
눈썹 사이가 멀고 짙지 않아
선한 인상을 준다고 한다.
'북방계 눈썹'이라고 입력하면 컴에 뜬다.

요즘 눈썹문신이 대유행이다
펜데믹처럼 눈썹이 쑥쑥 자라 바람결에 날리듯이.

눈썹이 희미하군요, 문신하세요

거울을 보니 희미하다.
연예인도
정치가도 눈썹문신을 하고 티브이에 출연한다.
나는 내 눈썹처럼 희미하게 웃는다.
이 바보야, 거울이 따라 웃는다.
나는 저 북방의 눈보라를 생각지 않을 수 없다.
눈썹이 얼어붙은 콧등 납작한 북방족은
나의 진한 혈육이다.

나는 그걸 부정하고 나를 가짜 눈썹에
무조건적으로 집중케 하고 싶지 않다.

눈썹은 나이 들면 희미해져야 마땅하다.
나를 지우는 일이기 때문이다.
지옥을 가든 천국을 가든
나를 온전히 지우고 갈 때
그것처럼 더 좋은 일이 어디 있겠는가.
뭐가 잘났다고 눈썹 꿈틀,
염라대왕 앞에서 눈 부라린단 말인가.

한
기
옥

내 눈썹을 가지런히

마당 구석
꽃눈을 단 감국들 얼굴 내밀고 있다
눈을 반쯤 뜬 감국도 있고
서둘러 눈을 활짝 뜬 놈들도 서넛 보인다

저들에게도 눈썹이 있을까
두리번거리며
생각하는 사이
꽃눈 속으로 자잘한 벌레가 기어 들어간 건지
흙먼지가 섞여 들어간 건지
풀죽은 감국들 어럿 보이는데
아직 견딜만한 생이라고
대체로 춤추는 듯 여유롭다

저렇게 수수만년 흘러가다가
생이 더 이상 감당 되지 않을 때
저들도 사막의 낙타처럼
이 별에 사는 무수한 동물들처럼
꽃눈 언저리에 눈썹을 차양 막처럼 둘러치게 되는 날 오려나

있어도 그만 없어도 그만이라고
이름 한 번 또박또박 불러준 적 없었던
내 눈썹을 가지런히
쓸어 넘겨본다

눈썹

허
림

잠든 아내의 얼굴을 들여다보며

입은 작고 코는 뭉툭하고 눈은 개구리눈을 한
마흔의 한 여인을 바라보며

콧대 세우겠다고
쌍꺼풀 하겠다고
양악 깎겠다고
한 번도 졸라댄 적 없는
서른의 여자를 돌아보며

이리도 못났을까
이쁜 구석을 찾아보는데

꿈꾸듯 감실대는 눈꺼풀 위
긴 속눈썹

모래바람 뚫고
무덤덤 갈 길 가는 낙타의 후생 같은
이리도 못난
이쁜 아내
잠든 얼굴

황혼

그대 눈썹 위에
서까래를 올려야겠다

기우는 해 처마 끝에 풍경처럼 달아놓고
실바람 빗자루로 엮어
성깃성깃 내려앉은 흰서리 쓸어내야겠다

근심만 무성하던
이마의 고랑 메워 마당도 들이고
까치발로 하늘을 받치면

잘못 든 길인가 싶어
세월이 멈칫멈칫할지도 몰라

아쉽고 그리운 날들 지붕 삼아
그대 눈썹 위에
한 살림 차려야겠다

표현시

신작시

김남극 김순실 김창균

박민수 박해림 윤용선

이화주 정주연 한기옥

허 림 황미라

산거일기 · 19 —겨울 산행 외 2편

김
남
극

춥고 외로운 날이었다
아주 오래 산길을 걸었다
누군가 다가오는 듯하여 뒤돌아보면
바람뿐이었다
까마귀 두 마리가 순서를 맞추어 울었다
쳐다보니 다래 덩굴이 나무를 감싸고
애원하듯 매달렸다
이제는 애원할 세상도 없는데
이제 무엇에 매달려야 할까
해가 질 때까지 산길을 걸었다
외롭고 추운 날이었다

낙엽송은 낙엽 진다

낙엽송은 전나무를 닮았다
장쾌하고 늠름하다

낙엽송은 너무 잘 자란다
하늘이 낮다는 듯
해나 달이 대수가 아니라는 듯

삼 년쯤 지나면 낙엽송은
제 몸과 제 키를 키워
보는 나를 낯설게 하는데

태풍에 낙엽송 여럿 쓰러졌다
뿌리가 얕다
뿌리가 짧다

빨리 자라고 빨리 생을 마감하는 게
도덕이고 윤리인지
불행이고 슬픔인지

낙엽송은 낙엽 진다

내가 쓰고 싶은 시

나이가 들면
자작나무 껍질에 연애편지를 쓰는 청춘에 대해
그 청춘의 설레임에 대한 시를 쓰거나

해당화나 동백꽃이나 그 꽃잎처럼 붉은
찬란한 사랑에 대한 시를 쓰거나

그도 아니면
이백이나 도연명처럼 초월과 은둔과
그 어떤 위대함에 대한 시를 쓸 줄 알았는데

여전히 나의 시는 분노로 가득 차 있고
여전히 쓸쓸하고 외롭고 또 가엾은 것들뿐이다

세월호는 여전히 인양되지 않았고
일용직 노동자의 주검은 장례 전이니

나는 언제쯤에 가 닿으면
풀잎의 이슬에 비친 사랑의 애틋함이나
소한小寒 들판에서 바람을 견디는 저
절정의 경건함에 대해 쓸 수 있으랴

김남극 _ 강원도 봉평 출생. 《유심》 신인문학상 수상으로 등단. 시집으로 〈하루밤 돌배나무 아래서 잤다〉 〈너무 멀리 왔다〉가 있음. 현재 봉평고등학교 재직 중.

무말랭이 외 4편

김순실

말랭이 하면
말랑말랑이 떠올라 미소를 띄지만
채반에 널린 무의 토막들

마르고 말랐다가
다시 물기 머금고 쫄깃한 식감이 될 때까지
무말랭이의 여정은
시를 빚는 일이 아닐까

햇볕 좋은 날 채반을 널며
무말랭이 언어 꿰맞추어
한 편의 명작 꿈꾸어 본다

이제 서서히 무말랭이가 되면
태양의 채반에서 얼마나 눈부실까

수분이 빠져나간 문장들이
물음표를 던지며
제 자리를 잡는다

공기인형

핸드폰매장 앞
누구나 한 번쯤 쳐다본다
목과 두 팔이 엇박자로 펄럭이는 공기인형
멈추고 싶지만 뜻대로 되는 건 없다

매장안은 북적이는데
고맙다고 윙크할 수도 없다

어느 천둥치던 밤, 하늘이 도왔는지
공기인형은 스르르 솟아올랐다
두 발은 그곳에 남겨놓고

넘어지며 곤두박질치며 기뻐 날뛰다가
지나온 길 궁금해 고개 돌린 순간
그만 뾰족한 나뭇가지에 걸리고 말았다

찢겨진 살갗으로 빠져나가는 바람, 순식간이다
툭 떨어진다
피 다 쏟고 널브러져
나는 텅 비었다

감기지 않은 눈은 언제까지 떠서
이 허방이 나의 민낯이었나

세상에 찌든 나는 공기인형 되어
바람에 실려 끝없이 날아갈 것이다

마스크

거리마다 만개한 마스크들
저 사람이 내가 알던 그 사람인가 아리송해도
그냥 외면하지
대면이 위험한 세상이니

신문엔 패션이 된 마스크까지 등장
의상과 어울리는 마스크는
끔찍하다는 생각이
사람은 죽어

병이며 약이며 천국이며 지옥인 코로나
꿈에서도 마스크 쓰고
마스크 찾느라 밤새 헤매네

온의동 확진자 발생
재난문자에
가슴 쓸어내리다 천변으로 나가네

이리저리 몰려다니는 물오리들
갑자기 우왕좌왕
빨리 흩어져, 마스크 마스크!

괜찮아 괜찮아 손사래쳤지만
마스크 쓴 사람들이 섬찟해 물속의 평화는
순식간에 깨지네

내 사랑

너는 빤히 올려다본다
그 응시에 내 혼은 반쯤 나가
마음이 누워있는 거리에서
너를 안고 한참을 헤매게 했다

주머니가 없다던데
생각 따윈 어디에 넣어두는지 궁금해
내 귀는 항상 토끼처럼 쫑긋 서있다

손등 할퀴고도 사과할 줄 모르고
꼬리 펄럭이며 사라질 뿐
자주 내 어깨에 앉아
종내는 파스를 붙여야했다

미운 짓만 골라 하는 네 앞에서
'사랑' 이란 말 입에 올리기 싫은데
그곳에 음표 붙여 목이 터져라 부르면
너는 한 번쯤 뒤돌아볼까

너는 그 자리에 늘 있었는데
내가 너무 멀리 왔나 보다

11월

차창으로 낙엽들이
제 속도를 못 이기고 달려든다
뒷좌석에서 그의 뒤통수와 마주 보고 가는 길

낮아진 어깨, 핸들 쥔 파르스름한 정맥 따라
백미러에 비친 검버섯 너머 먼 저곳

숨막히던 끌림은, 봄날 저녁은
다 어디로 갔을까

그대라는 강을 품고
저물어가는 눈빛은 얼마나 그윽해졌을까

고속도로는 달린다
이제는 가만가만 근심에 젖는
낙엽송이 눈부신 노랑으로 흐르고 있다

김순실 _ 1998년 강원일보 신춘문예 등단. 시집으로 〈고래와 한 물에서 놀았던 영혼〉 〈숨쉬는 계단〉 〈누가 저쪽 물가로 나를 데려다 놓았는지〉가 있음.

복어 외 4편

어둠 속에서는 모든 것이 어긋나서
서로 몸 닿지 않는 것이 다행이었다.
어딘가에 닿지 않으면 모든 것은 혼자였으며
당신도 나도 초면처럼 낯설어 치명적이진 않았다.

바늘을 한 움큼 삼킨 짐승처럼
긴 울음을 우는 자여
독을 품고 서로의 몸을 비비거나
한 껏 배를 불려 자신에게 가하는 처벌
독으로 가득 찬 몸이 밀고 가는 길은
가득 이둠이 출렁이는 심해처럼 지독했겠다

어떤 무리는 슬픔의 기포를 들이마신 후
그 울음이 더 깊고 구성져
당신들 쪽으로 천 배의 독을 옮기니

그리하여 우리의 사랑은
자주 서로를 외면하며 울고
또 운다.

눈물 있던 자리

기척도 없이 꽃 피는 밤
멀리서 온 친구와 술안주로 나온
황태의 눈을 파 먹는다
심해의 바깥 어딘가를 바라보다
한쪽으로 기울어 굳어버린 눈동자
그 눈동자 있던 자리 한참을 들여다보다
캄캄한 굴 속으로 살러 가는
개미나 혹은 발목이 가는 작은 짐승들
생각을 해본다

어둠이 꽉 들어찬 깊은 안쪽

굳을대로 굳어 딱딱해진 황태의 눈알을 씹으며
아슬아슬하게 가라앉을 듯 가라앉을 듯
가라앉지 않는 치통을 다스린다
그리고 치통 곁에 잠시 씹히지 않고
생쌀처럼 겉도는 친구의 말을 놓아두고
잊은 듯 눈 밖에 두었던
온 몸에 눈을 매달고 싹 틔우는 봄나무들
그 너머까지 눈길을 뻗어 가본다

그 사이
할말이 그리 많지는 않았는데
받아 놓은 술잔 속으로 우수수 침묵이 떨어져
황태, 눈이 있었던 자리에 울컥
짜고 단단한 것들이 고인다

먹태를 두드리며

남도에 와서
먼 북쪽에서 온 먹태를 두드린다

예고도 없는 기별처럼
빗방울 발끝에 밟히는 소리처럼
또, 앉았던 의자 모서리에 때가 쌓이는 것처럼
그 오랜 시간 비바람 찬 기운 맞고 온 저것을
칼등으로 두드려
군다만 묵 맛 같은 것을 서로 나눈다
황태보다는 섭섭하고 말랑한 검은 몸
그 몸피 속에 흰 살을 감추느라 안간힘 쓴 시간을
잘게 두드리거나 찢으며
남도 태생인 당신의 마음을 먼 데까지 모시고 갔다 온다

먹태가 당신과 나를 번갈아 바라보는 시간
그 잠깐 동안 당신은 검은색 물이 들고
나이든 홀아비에게 시집온 타국의 젊은 여자는 말이 없어

나는 먼 곳까지 와서
그믐 같은 저녁을 맞으며
다리가 기운 낮은 밥상에

턱을 고이고 앉아
굳어버린 입을 하늘로 쳐들고 눈비 맞았을
저것에 마음을 써보기도 하고

또, 웃음 끝에 올 긴 울음을 생각해보는 것이다.

인형에게

한낮에도 어두운 강가 다리 아래
눈알이 빠지고 관절이 뒤틀린
외국풍의 인형이 버려져 있다
저것은 학교에 간 적도 없고
누구에게 거짓말을 해본 적도 없고
병원 한 번 가본 적 없이
어린 주인에게 충성을 다 바쳤던 몸

늙지 않는 것은 얼마나 큰 비애인가
헐거워진 관절을 하나씩 접어 몸통 곁에 놓아주며
누군가는 눈동자가 놓였던 깊고 어두운 곳을 들여다 본다

적어도
최소한
저들은 울지는 않는다
자신의 생을 다 망친 다음까지도 울지 않았다
더 깊디깊은 어둠이 그들의 몸을 다 덮은 후
잠깐 동안 인형이 인형 속으로 더 깊숙이 들어가
태아가 되는 꿈을 꾸며
자신의 몸을 포기하지 않으려
팔 한쪽을 견고히 베고 누운 아버지.

꿈 안인지 꿈 바깥인지 알 수 없이
몇 번의 망설임 끝에 나는
그 곁을 남몰래 다녀온다.

풋사과 속, 방 한 칸

몸의 가장 안쪽에 숨겨 놓은 까만 눈알
누군가 닿으면 미끄러지는 굴곡을 가진
너에게 눈을 맞춘다. 눈동자가 깃든 방
거기 깊숙한 곳에서 꺼내는 한숨
당신이 언젠가 내 입속에 넣어준 말들이
일제히 밖으로 튀어나올 듯
침묵인 줄 알았던 것들이
커다란 아가리를 들락거리며 아우성이다

시월, 문 밖에는 주인의 발에 헐거운 신발이
밤새 처마의 빗방울을 받아내는데
오래전 집을 떠나 유기된 개들은 어둠을 끌어다
자신의 몸에 문신을 새긴다

저 깊은 곳 덜 여문 몸 속 깊이 들어앉은
눈물이 눈동자를 뚫어지게 바라보는
소리가 절멸할 듯 위태로운 방

닫힌 방 앞에서 방의 통점을 여기저기 짚으며
나는 나를 오래 기다린다.

김창균 _ 강원도 평창군 진부 출생. 1996년 《심상》 등단. 시집으로 〈녹슨 지붕에 앉아 빗소리 듣는다〉 〈먼 북쪽〉 〈마당에 징검돌을 놓다〉와 산문집 〈넉넉한 곁〉이 있음. 발건 작품상, 선경문학상 수상. 현재 한국작가회의 강원도지회장. 고성고등학교 교사.

사랑의 유혹 외 4편

사랑은
사랑의 계절 속에 있다
봄이 있어 꽃이 피듯
사랑이 있어 사랑의 계절이 있고
계절 따라 어느 날
그리움의 하늘빛 새들
푸른 날개소리 바람 타듯
훨훨 우리 가슴
가득 날아와 앉는다
사랑은 이렇게 온다
사랑은 멀리서 손 흔드는 기쁜
유혹이다

박
민
수

창밖 푸른 하늘길 바라보며

이른 아침 고요히 창 앞에 서서
산 넘어 먼 하늘길 멀리 홀로 바라보노라니
문득 하늘빛 아득히 눈부시게 푸르르다
홀로 흐르는 앞 강물과 미루나무 저 높은 가지 위
바람결 출렁이며 홀로 우는 뻐꾸기 한 마리
그 모습 멀리 바라보노라니
내 앉은 자리 문득
울음소리 작은 바람결 문득 꽃가루처럼 나부낀다
아주 가늘게 들리지만
내 마음 깊은 곳 문 열고 스며드는 그 울음소리
애절히 아득한 울림, 한없는 그리움의 아우성 같다
그 소리 높이 높이 하늘 가득 퍼지는
이른 아침 갈 길 모른 채
나 홀로 작은 눈물방울 찔끔 발등에 떨군다
우리 삶이란 언제나 이렇다
밖에서도 그렇고 안에서도 이리 멈출 줄 모르는
내 마음 그리움의 아우성
아마도 저 먼 세상 어디엔가
나를 기다리며 손짓하는 누군가 있으리니,
우리 삶이란 언제나 이렇게
멈추지 않는 그리움의 오랜 눈물이다, 사랑이다
사 라 졌 다

언제나 다시 오는 오랜 추억의 잔물결이다
따듯한 아픔이다
사라질 줄 모르는 애틋한 미소이다
언제나 멈추지 않는
하늘길 아득한 봄 나비 푸른 날갯짓이다

날개

나에게 문득 날개 돋친 듯 몸이 가볍다
아침결 잠 깨어 창밖을 보니
하늘 가득 연초록 물결 고요하고
간밤 덧없는 꿈도 사라져 이 세상 아닌 듯
무겁던 몸 홀로 텅 빈 바람결 된다

한 생애 덧없이 쌓인 기억의 티끌들
구름 되어 뿔뿔이 하늘 저쪽 흩어지고
강가 미루나무 가지에 앉아
홀로 우는 뻐꾸기 울음소리
멀리멀리 내 마음의 파도가 된다

그래, 날아라, 내 안의 파도여
지칠 줄 모르는 날개여
가진 것 모두 땅 위에 두고
푸른 하늘 저 정처 없는 바람결 속에서
봄 나비 짝을 찾듯 나풀나풀
그리움의 하염없는 몸짓 오래오래 멈추지 말라

내 영혼의 아득한 나부낌이여!
나의 푸른 날개여!

편지
— 홀로 하늘 나는 새에게

어느 외로운 날 문득 하늘을 바라본다
텅 빈 공간 흰 구름 어디론가 바쁜 걸음 옮기고
그 사이로 이름 모를 새 한 마리 날갯짓 가볍다
나도 혼자이고 새 한 마리 저도 혼자인데
그리 바쁜 날갯짓 무엇을 꿈꾸는지
속마음 보이지 않아 홀로 궁금하다
우리 삶이란 때로 슬프고 때론 가슴 아파
앉은 자리 홀로 눈물 흘릴 때도 많지만
하늘길 새 한 마리 저도 무엇을 그리워하는지
날갯짓 멈출 줄 모른다
새야, 새야, 하늘길 홀로 가는 저 외로운 새야,
오늘따라 너와 함께 여행길 길게 동무하면 어떠랴
전하는 말 없이 그냥
먼 길 바라보는 눈빛만 나눈들 어떠랴
어느 외로운 날 마주 보며 서로 그리워하면 어떠랴
이것이 사랑이라 하면 어떠랴
새야, 새야, 하늘길 홀로 가는 저 외로운 새야.

춤바람

서재 책상 앞 책꽂이 한가운데
친구가 전해 준 도자기 하나
거기 석양 속 덩실덩실 춤추는
흑인 남녀 두 사람 신바람 났다

멀리 석양빛 화려한 반짝임 속에서
온몸 전후좌우 멈출 줄 모르고 흔드는
몸짓의 황홀, 그것은 춤이 아니었다
신명이었다, 뜨거운 불꽃이었다

하늘까지 울리는 뜨거운 숨소리였다
지워지지 않는 눈물이었다
하늘 가득 덮는 아득하고 오랜 아지랑이였다
떨어지지 않는 영원한 포옹이었다

사라지지 않는 하늘빛 그리움이었다
진정 아름다운 사랑이었다

박민수 _ 1975년 《월간문학》 등단. 시집 〈강변설화〉 〈개꿈〉 〈낮은 곳에서〉 〈잠자리를 타고〉 〈사람의 추억〉 〈슬픔의 원천〉 외 다수. 신문집으로 〈대학총장의 세상 읽기〉 〈시인, 진실사회를 꿈꾸다〉 등. 춘천교육대학교 총장 역임.

네가 온다는 말 외 2편

박
해
림

네가 내게로 온다는 말은
내가 네게로 간다는 말이다
한 걸음도 빼먹지 않고 온전히
나를 건넌다는 것이다
네게로 닿는다는 말이다

우리가 접었던 발자국과
우리가 폈던 날개만으로도

걸음을 포기하지 않았다는 말이다

어디에 놓여도 걸음만은 떠내려가지 않았다는 말이다

이즈음 알게 된 것들

유리창에 내린 햇빛은 춤추며 스며든다는 것
속살속살 귓전으로 내린다는 것
비는 꼭 산으로 들로 발꿈치 들고 쏘다니기를 좋아한다는 것
으늑한 지붕 아래 구석진 곳으로만 몰래몰래 숨는다는 것
오래된 것들에게선 울음도 허기진다는 것
빛이 바래져서야 비로소 또렷해진다는 것이다

마주하고 옆에 없어도 꽃이 피고 새가 난다는 것
그 너머와 저 너머 따로 있어도 끝내 한곳으로 모인다는 것
당신의 심장에 후드득 떨어지는 눈물은 여전히 둥글다는 것
뜨거운 혈관을 건너 마침내 소沼를 이룬다는 것이다

저녁의 툇마루를 떠올리는 오후, 오래 문턱을 넘었던 성근 걸음은
툭 툭 투두둑 조곤조곤 귓속말을 나누고 싶은 것이다
별이 뜨면 별꿈을 달이 뜨면 달꿈을 꿀 때
이제껏 걸어온 발이 바람이 되고 노래로 흩어질 때
당신의 등만 봐도 햇볕이 얼마나 쌓였는지
높새바람이 일 것인지 알게 되는 것이다

봄날, 발등에 내린 햇볕이 거침없는 막춤을 추어대고
꽃에서 꽃으로 가는 시간은 아직도 유효하다는 것을 알게 되는 것이다

그리운 것들은
아주 작은 솜털만으로도 혹한을 껴안을 수 있고
사진 속 젊은 엄마는 아직도 간지럼을 태우는데
늙은 엄마의 기침은 윗목에서도 뼈 시리게 뜨겁다는 것이다

적막 · 2

째째 째째 우는 줄 알았는데
찌찌찌 찌찌 운다

찌찌찌 찌… 우는 줄 알았는데
쯔쯔쯔 쯔 쯔 쯔 운다

쯔쯔쯔 우는 줄 알았는데
츠츠츠츠 츠츠…운다

째, 찌, 쯔, 츠 가 아니라
츠롱츠롱 째, 츠롱츠롱, 찌, 츠롱츠롱, 쯔, 츠롱츠롱, 츠츠츠…
우는 것이다

어떨 땐
나나나…
너너너…
하기도 한다

박해림 _ 1996년 《시와시학》 시 등단. 2001년 서울신문, 부산일보 신춘문예 시조 당선. 1999년 월간문학 동시 당선. 시집 『오래 골목』외, 시조집 『골목 단상』외, 동시집 『무릎 편지 발자국 편지』외, 시평론집 『한국서정시의 깊이와 지평』 시조평론집 『우리시대의 시조 우리시대의 서정』 수주문학상, 김상옥시조문학상 수상 등.

배낭 외 4편

윤용선

빈 몸으로 혼자 길을 갈 때도
나는 누군가의 짐이다
살다보면 햇살 좋은 날도 있고
바람이 거센 날도 있겠지만
습관처럼
단지 채우는 일 하나에 매달려
하고한 날 아등바등거렸는데
이제 몸은 다 낡아 볼품없고
어디에 달리 쓸데도 없다
그런데도 여전히
채우지 못한 허기에 시달리며
마음은 또
빈집처럼 휑한 걸 보면
끝내 나는 어쩔 수 없는
누군가의 영원한 짐이다

내 마음의 묵호

그때는
몇 번이나 차를 갈아타며
종일토록 털털거려야
겨우 해 질 녘에나 닿았던
내 기억의 묵호는 아주 먼 그 무엇이다
그렇게 지친 몸을 이끌고
하룻밤 뉘일 방부터 알아보며
다 늦은 저녁 한술을 떴던
묵호는 아직도
다 풀어내지 못한 그리움의
아주 오랜 그 무엇이다
어쩌면 그것은
내 생애에 처음 만났던 바다와
그 바다가
밤새 철썩이는 파도를 받아 안고도
어떻단 내색 하나 없이 무던하던
어느 작은 포구가
보채는 어린 동생을 어르고 다독이던
어머니 모습으로 내 마음속에
깊이 각인되었기 때문인지도 모른다
오늘도 나는

그렇게 먼 묵호를 묵호의 오랜 바다를
혼자 서성이며 그리고 있다
아마 거기서도 누군가
그리움에 목마른 바다를 품고 꿈꾸리라
꿈꾸며 뜨겁게 뜨겁게 사랑하리라

바람이
― 봄 크로키 · 2

바람이
텅 빈 골목을 휘휘 돌다가
무슨 심통이 났는지
이번에는
아무도 살지 않는 집
혼자 지키고 서 있는 나무
잔가질 잡아 흔든다
그러다가
그새 또 싫증이 났는지
뒤도 안 돌아보고
어디론가 휭하니 내뺀다
늘 저 혼자 내대다 마는
늘 저 혼자 헤매다 마는
바람이

저 먼 산
— 봄 크로키 · 3

저 먼 산
깊은 숲에 꽉 찬
크고 작은 나무들이
벌써부터
연한 연둣빛 틔워가며
새 옷을 짓느라
한창 숨이 가쁘다
그런데
그리로 몰래 숨어든
산꿩이
겁도 없이 꿩꿩거리며
먼저 자지러진다
이제 온 산이
다 완연한 봄이다

예의

애 어른 할 것 없이
어디서나
모두 얌전하게 마스크를 썼다
생뚱한 코로나19로
한참 흉흉한 세상
꼭 그 탓만은 아닐 거다
위에서 누가 그러라고
강제해서도 아닐 거다
어쩌면 아파서 격리된 이들과
방호복을 입고 간호해야 하는 이들
그 보이지 않는 어려움을 생각하는
따뜻한 마음에서 일 거다
마음의 배려에서 일 거다
이처럼 생활 모습이 변하면
시의에 맞춰 거기 따르는 게
또한 예의지 싶다 그렇지 싶다

윤용선 _ 강원 춘천 출생. 1973년 강원일보 신춘문예와 《심상》 신인상으로 등단. 시집으로 〈가을 박물관에 갇히다〉 〈꼭 한 번은 겨자씨를 만나야 할 것 같다〉 〈사람이 그리울 때가 있다〉 〈딱딱해지는 살〉 등. 강원 국제비엔날레 이사. 문화커뮤니티 〈금토〉 이사장 역임. 현재 심상시인회, 수향시낭송회, 춘천문인협회 회원, 강원문인협회 자문위원.

비밀 외 4편

이
화
주

수연이가
성민이 창문 아래
눈사람 살짝 만들어 놓고 갔다.
꼬마 눈사람에게
사탕 목걸이 걸어주며
— 쉿 비밀이다.

눈사람 서 있던 자리
사탕 목걸이만 남아있다.

꼬마 눈사람
재잘재잘 까르르까르르
시냇물과 참았던 비밀 이야기하며
봄 강으로 가는 중이다.

벽을 타고 오르는 사람들

저녁이면
춘천호수 옆
에니메이션박물관 옥상으로
수상한 사람들이 벽을 타고 올라간다.

그 사람들은
축구장보다 더 넓은 옥상에서
달님이 내려준
금빛 축구공을 차며 논다고 한다.

달님이 축구공을 가져갈 때까지
벽을 타고 오르고, 오르고, 오르는 수상한 사람들

초대받지 않은 난,
절대 벽을 타고 올라가지 않는다.
마법이 사라질까 봐.

거미의 모험

저녁 햇살에
반짝이는 한 가닥 거미줄이
나를 감았다.
빙글빙글 돌며 거미줄을 떼어낸다.

"거미야!
쓸데없이
네 비단실을 써버렸구나."

거미가 몰래 웃는다.
'오늘 하루 중 나의 가장 큰 모험이었거든.'

달빛도 이슬도 꽃향기도

이사 가지고, 이사 가자고
먹이가 많은 곳으로 이사 가자고
어린 거미가 졸랐다.

엄마 거미는
달빛에 빛나는 밤이슬을 보여주었다.

'엄마 거미줄에는
먹이만 걸리는 게 아니었구나.'

모든 새는 노래한다

— 뻐꾸기 아줌마!
  뻐꾸기가 운다.
  뻐꾸기가 노래한다.
  어떤 것이 맞아요?

  어린 꾀꼬리를 가만히 바라보던
  뻐꾸기 아줌마가 대답했다.
— 꾀꼬리가 운다.
  꾀꼬리가 노래한다.
  어떤 게 맞을까?

— 아! 아줌마도
  나처럼 노래하는구나.

이화주 _ 1982년 강원일보 신춘문예와 《아동문학평론》으로 문단에 나옴. 동시집 〈내 별 잘 있나요〉 외 다수의 작품집과 손바닥 동화집으로 〈모두 웃었다〉가 있음. 윤석중문학상을 수상함. 현 초등학교 국어 교과서에 동시 〈풀밭을 걸을 땐〉이 실려 있음.

꽃짐 외 4편

정주연

누구나 짐을 지고 있지

그 모든 땅위의 짐들
짐들은 왜 등 뒤로만 지는 걸까
머릿속 짐도 등 뒤로 내려와 앉는지
뒷목덜미가 자주 아프다

적어도 꽃 짐만은 앞가슴에 안아도 될 텐데
짐은 뒷등에 지기 때문에
타인은 알 수가 없는가 보다

꽃 짐을 지고서도 무겁게 걸어온 것은 아닐까
무덤 속에 들어도 벗을 수 없는 짐은 없는지
내가 진 짐의 무게를 알아보려고
어깨를 흔들어 본다

그래도
면제일이 오는 날은 노땡큐
환영까지 할 수는 더더욱 없습니다.

바람의 연못

사람의 뒤 목덜미 중간에는
풍지혈(風池穴)
바람이 모이는 연못이 있다고 한다

이 혈을 잘 풀어 주면
핏줄의 반란을 막을 수 있다고 한다

임금은 세상 어디에도
바람의 연못이 숨어 있는 걸 알아야 한다고
할아버지께선 말씀하셨다

눈에 잘 보이지 않는
숨은 바람의 어떤 뒷덜미를 쓸어내려 보는데
핏줄은 뜨겁기 마련이어서
매일 살피고 기미를 읽어야 한다

불어야할 바람을 언제까지나
연못에 가둘 수는 없다고
가랑잎처럼 흩어지며 새들이 날아오른다

바람 한 점 스칠 때마다
연못은 오늘도 흔들린다.

밥상머리 논쟁

구한 말 대원군의 오른팔이었다는
동래부사 정현덕은 내 직계 조상님
명성황후 민자영은 어머니와 18 촌간이다

내 유년 할아버지 생전 휴일 아침이면
때로 밥상머리에서 종종
누가 참 우국지사 인가를 논하다가
정 씨 가와 민 씨가 주제의 언쟁이 벌어지곤 했다

민비가 득세 전초전으로 내린 사약에
현자 덕자 그 할아버지가 돌아가셨다는
할아버지의 암탉이 울어 조선 망해 먹었다는 민비 힐난에
우리 육 남매는 내심 좀 의아한 동조자들이었다

일찍 그만 밥상을 접고 싶어 하시는 민씨 성의 어머니는
억울한 마음을 누르시느라 외로운 모습의 며느리였다
할아버지께서 사랑방으로 나가시면
어머니도 만만치 않은 반격의 말씀을 털어놓으시곤 했다
일찍 개화한 신문물을 받아드리지 못하고
상투 자랑만 한 정씨 가문은 별 볼 일 있느냐고

어린 내가 할머니가 되어버린 지금
나는 그 시대를 어떻게 비판 평가해야 하는지
아직도 오리무중일 뿐
그저 가끔 '나 가거든'을 부르는 가수의 노랫말 속 감성에
눈물 한줄기 주르르 가슴을 적시 울 뿐이다

왕조의 비밀

세력은 잃었지만 나는 건재 하노라고
여름은 I will be back을 외치지만

벌써부터 장독대 옆 조롱조롱
꽈리가 붉어진 얼굴을 내밀고
들깨송이들 잎 새 마디마다
조그만 거푸집 속에 씨앗을 담고 있다

왕조는 저물기 마련이라고
바람이 연못에 모여 은밀히 속삭이고 있다
9월은 한 시절이 건너가고
건너오는 다리의 몫을 충실히 하고 있다

조금만 더 참아야 한다고
나뭇잎들은 가난해진 살림을 다독이는데
빈 그네는 잠을 자고 있다
약 오른 고추가 힘겹게 마지막 다홍으로 물들고
물까치 어미는 새끼들 이소 준비에 열심이다

모두가 알고 있는
눈에 환히 보이는 비밀이 드러나고 있다

한 시절 무성한 왕조가 기울고 있다

아무도 깰 수 없는 천기의 약속
하늘은 결코 무심치 않다고
구름 한 덩이 흩어져 흐르고 있다

서쪽 역

유년의 소읍
목행리 역전으로 가는 길은
황금벌판을 따라 행길 가로 긴 코스모스 행렬이 있었다
달려가 보면 언제나 대합실은 텅 비어 있었다
곧게 뻗은 레일을 따라
멀리 산굽이를 돌아 몰려오는 바람은
막 도착한 호기심 가득한 손님 승객들이고
하릴없이 떠도는 고추잠자리 떼는
나와 함께 떠날 기차를 기다리는 동승객이었지

안개 속에 안나 카레리나가
다시 못 올 곳으로 떠난 새벽녘의 모스코바 역
8시에 떠나는 빗줄기 속 카르테니 역에서는
레지스탕스 애인을 이별해야 하는 여인의 눈물이 흐르고 있었다

내가 도착할
내가 떠나야 할 이 생(生)의 역전
저 서쪽 하늘
퍼져 오르는 노을이 붉게 빛나고 있다

정주연 _ 2001년 평화신문 신춘문예 등단. 시집으로 〈그리워하는 사람들만이〉 〈하늘 시간표에 때가 이르면〉 〈선인장 화분 속의 사랑〉 〈붉은 나무〉가 있음. 강원여성문학 우수상, 강원문학작가상 수상. 한국시인협회, 가톨릭문인회 회원, 강원문인협회, 강원여성문학인회 이사.

시월 외 4편

한
기
옥

마당 가득 바람이 들어와서
나무 그네를 흔들고
코스모스를 흔들고
구절초를 흔든다

아그배나무를 흔들고
모과나무를 흔들고
배나무를 흔든다

펼쳐 놓은 시집 위로 올라가
앞으로 넘기고 뒤로 넘기고를
되풀이한다

마당을 금세 잔치판으로 만든 바람이
내게 슬몃 말 건다
모두 흔들게 할 수 있는데
넌 흔들 수 없네
도대체 무얼 지키려
꼿꼿한 거니?

버려야 보이는 것들을 볼 수 없을 뿐만 아니라
흔들리지 못하니
늘 아픈 거야

바람이 쉰 소리를 내기 시작했다

한 칼의 문장

딸 아이 남자친구를 소개받고
고민하던 때

인생 별거 없다
한 칼의 문장으로
설산처럼 나를 품어준
어머닌 그 때 구순 이었다

콩 국물처럼 설설 끓으며
물러덩거리던 생각들에
간수 한 숟가락 얹어진 듯 했다

사랑한다는데 뭘 더 바라냐
애들 믿어라
나머진 헛된 욕심이다

헝클어져 있던 맘이
반듯반듯한 두부모로 뭉쳐지는 것이었다
어머니 하늘로 거처 옮긴 후에도
딸아이 결혼해
사위랑 손주 함께 다녀가는 날이면

저 애들 좀 봐라, 내 눈엔 흐드러진 꽃이다
넉넉한 품 내주셨다

산다는 건 어쩌면
평생을 걸려 누군가를 다독일
한 칼의 문장 고르고 마름하는 일일지 모르겠다

그 한 칼의 문장
나 지금
제대로 다듬고 있는 중일까

바람이 맵차다

기선이

그 아이 왔다 가면 정신이 번쩍 든다
아무도 눈길 안주는 마당 구석
자잘한 풀꽃 곁에 가
세상 다 가진 얼굴로 식구들을 부르거나
밤늦도록 식구들을 마당에 붙들어 앉히고
달님 들어가면 나 들어갈래…
하는 말들
전부인데
시는 이렇게 써야 해요
혼줄 놓는 것 같다

말랑말랑했으면 좋겠어요
마음을 그네처럼 흔들어줬으면 좋겠어요

집에 가려고 차에 탄 그 애 곁에 가
기선이 이제 외갓집 오지 마라
농담 삼아 말했더니
금세 눈물 뚝뚝 떨군다

안 해도 될 말은 내다 버리세요
풀씨처럼 가벼워지세요

무늬만 시인인 할미
제대로 한 방 먹이고
그 아이가 또 떠났다

꿈인 듯 생시인 듯

아침에 내가 죽었다
보슬비 잠깐 오다 그친 마당에
어제처럼 새떼 날아와 놀고
주목나무가 측백나무에게
좋은 날이야
툭툭 말을 건넨다
확성기를 튼 남자가 트럭을 몰고 요란하게 대문 앞을 지나가고
택배기사가 그제께 주문한 과일상자를 봉당 안에 놓고 사라진다
수레에 퇴비를 가득 실은한숙 씨가 지다가다
이 언니 밤에 또 못 잔 모양이네
혀를 찬다
오토바이를 타고 온 우체부가
누군가 부쳐온 시집을 빨간 우체통에 집어넣고 사라진다
어제처럼 이웃집 라디오에서
나는 이제 지쳤어요 땡벌 당신은 못 말리는 땡벌… 노래 흘러나오고
쑥부쟁이와 벌개미취가 작년 이맘때처럼 무심히 꽃잎을 밀어낸다
사이를 두어 두세 번쯤 핸드폰 신호음 길게 울리다 끊기고
목청 고운 새 두 마리 전깃줄에 앉아 노래 부르다 사라진다
들고양이 한 마리 들어왔다 천천히 나가고
인적 없는 걸 확인한 고라니 한 마리 헐레벌떡 들어와
뒷밭에서 배춧잎 몇 잎 뜯어먹고 산등성이로 사라진다

무덤 속 같은 고요 두 시간쯤 흐르고 산그늘 마당에 내려오자
짝 돌아와 소파에 누운 나를 흔들어 깨운다
깨워도 깨워도 나 일어나지 않는다

그러니까 늙은 게 아니고

언덕 올라오다
노을에 비친 그의 모습을 우두커니 바라보았다
불한당처럼 쳐들어온 흰 머리칼과 골 패인 주름들을
어떻게 돌려 세우나
내 기분이 그에게 건너 갈까 봐
길 옆 쑥부쟁이 꽃잎을 훑어 손바닥 안에 쥐었다 놓기를 되풀이했다
그래도 끝내 진정되지 않는 속엣 것 있어
엇박자 놓듯

나 많이 늙지 않았냐고
엉뚱한 질문 하나 너스레처럼 던졌더니
나지막이 이런다
이제 곧 산봉우리부터 나뭇잎 물들겠지
당신이나 난 지금 생의 가을
한가운데 와 있는 걸 거라구
그러니까 늙은 게 아니고
곱게 단풍 든 거야 당신 지금

이런 사람이 평생
함께 걸어온 줄 모르고
해마다 단풍 곱다는 산 찾아
먼 데를 쏘다녔다

한기옥 _ 1960년 강원 홍천 출생. 춘천교대 졸업. 2003년 《문학세계》 등단. 시집 《안개소나타》 《세상사람 다 부르는 아무개 말고》 《안골》이 있음. 원주문학상 강원작가상 수상. 강원문협, 원주문협, 수향시낭송회 회원.

달밤, 너하고는 첫사랑이구나 외 4편

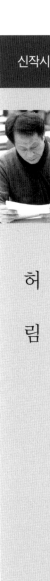

그 집 돌담 라일락은 흰색 꽃이 핀다

한동안 흰 라일락이 토종이라느니 원래 토종은 수수꽃다리
인데 누가 가져다가 개량하여 미쓰김라일락이 되었다느니 그
게 보랏빛 라일락이라느니 소문이 돌았지만 나는 그 집 넷째
딸이 쓴 시를 읽고 편지를 쓴 적 있다

흰 교복 위로 도톰하게 도드라진 가슴에 설레이던 시절이었
다 흰 라일락이 한창이었고 추신으로 라일락 꽃잎을 붙여 쓴
편지 문틈에 꽃아놓고 숨어서 지켜보던 봄밤,

돌담 뒷길은 어두워지고 달빛 같은 라일락 꽃향기 은은하였
는데

향기는 어디서 와서 어디로 가나

바람에 섞인 문장의 향기 달빛으로 가득했다

송홧가루가 날린다

옛날이래 봤자 겨우 오십여 년 전
곡우 지나면 어머이랑 송화 따러갔다
일 년에 열두 번 제사 지내는 종갓집 맏며느리
긴 소나무가지 휘어 내 손에 쥐어주고
무슨 노랜지 처량한 가락으로 송화를 땄다
분가루 날릴라 간내이 다루듯
마냥 똑똑 따야하는 일
일 같지 않게 노량 하셨다
한가지 다 따고 가지 놓으면
송홧가루 노랗게 하늘을 가렸다
또 한 가지 휘어 쥐어잡고 있다 보면
오줌은 왜 마려웠는지 더러 놓치기도 했는데
그때마다 송홧가루 노랗게 날았다
날아가는 송홧가루에게 한 말이겠지만
'잘 가라 내년에는 산 너머 먼 곳으로 가 소낭구 하나 품거라'
아쉬워하지 않았는데
내 콧등이며 눈두덩에는 송홧가루가 노랗게 앉았다
송화는 바람도 없는 햇살에 널어
절로 익어 터지기를 기다렸다가
가는 체로 쳐서 물로 가라앉히고
다시 재쳐 햇살에 말려 단지에 담아 광에 두었다가

젯상에 다식으로 괴어 올렸다
懸祖考學生府君은
삼촌들과 당숙의 기억 속에서 잠깐씩 돌아왔다 가고
늦은 밤 음복으로 취하여 날 새곤 했지만
내 입가엔 묻은 송화다식 노란 기억은
소낭구가지 쥐어주던 진한 송진만
끈적끈적한 노랫가락으로 끌려 나오곤 했다

시월에 핀 노랑 꽃

봄에 주로 피는 꽃이
시월 복상나무 아래 한 무더기 피어 있다
노랑 꽃이 뿜어내는 빛이 봄처럼 환하다
답장 없는 그의 소식이 산마루에 걸려 있고
구름은 흘러가고 또 몰려왔다
오래도록 앉아 바라보다가
꽃의 노랑에 젖는다
슬픔만큼 큰 위안이 있을까
버리고 싶었던 만큼 내안에서 살아온 것들이거나
숨기고 싶은 고질처럼
왠지, 와락 달겨들 것 같다
우울하고 쓸쓸함을 끌고 다니는 바람처럼, 아니
무언의 빛들이 방언처럼 떠질 것 같다
거울 속의 거울 속의 거울같이
봄에 주로 피는 꽃이
가을에 피듯

기억을 형상하다

그녀의 가슴을 기억하는 것이다
아니 기억에는 가슴이 있는 것이다
한번 감싸안은 가슴
이별 하고 떠난 애인들이
비 혹은 눈 맞으며 먼 길 간다
유목민들처럼 나를 찾아 떠도는 기억과
지난 시간 형상기억하는 너는
작년 시월 오일의 비와
밤새 내리는 빗방울 소리를
어둠처럼 풀어놓는다
재작년 시월의 어느날은 들창 너머
느릅나무가지에 앉아 우는 새를 날려보냈다
오늘도 비가 오고 늦은 밤 새소리가 난다
빗물처럼 동그러지는 맑고 가는 음이
어둠속으로 퍼진다
그 새는 아니겠지만
형상기억의 가슴은 따듯하고 보드랍다

삼강주막에서

배 기다리며 술잔 기우리던 나는
햇살 흘러가는 마른 강바닥에 매인 배처럼 정박하네

주모도 없는
외상 장부만 벽마다 가득한 정지간에서
흘러간 노래 불러보네

외상으로 살아온 시간이 모래톱에 걸려있네

허 림 _ 강원도 홍천에서 태어났다. 강원일보 신춘문예에 시가 당선되어 지금까지 글을 써오고 있다. 시집으로 〈거기, 내면〉 〈엄마 냄새〉 〈골말 산지당골 대장간에서 제누리 먹다〉 등이 있으며, 〈강원문화예술상〉을 수상했다.

흐르는 못 외 4편

황
미
라

뼈아프게
날아와 박힌 못도
오래되면 녹슬고 바스러진다
바스러지고 녹아 피로 스민다

늙으신 어머니를 보면 안다
한 번도 싸운 적 없었다는 듯
느 아버지는 이럴 때 이렇게 했었는데,
저 때는 저랬는데,
돌아가신 아버지를 떠올리신다

기억과 추억의 경계는 누가 허무나
저녁을 짓다 칼에 베인 손끝에서
비릿한 녹내가 난다

야상곡 · 2

시월 밤하늘에서 화성을 보았습니다
지구와 대접근이 이루어지는 날
맨눈으로 말입니다
15년 주기로 7배의 크기와 16배의 밝기로 다가온다는
붉은 행성

가장 솔직하게
가장 환한 얼굴
강렬한 별 하나를 처음으로 눈 시리게 바라봅니다

살면서 몇 번은 다가왔을 텐데
무심해서 미안하고
알면서도, 보려고 하지 않아 미안하고…

남쪽 하늘 저 너머로 사라져도
어디엔가 희미하게 떠 있을
어쩌면 누군가의 영혼을 두고 슬픈 공전을 할지도 모르는
외롭고 쓸쓸한

하늘길을
밤새 쳐다보고 또 쳐다보며
아쉬운 마음으로 따라 갑니다

빈 배가 있는 풍경

누가,

이 강을 건넜나

빈 배만 남아있네

저 너머를 두고 몸을 버린 배는

푹 꺼질 듯 바람만 끌어안고

생시 같지 않은 봄

가는지 오는지 분간도 못 하겠네

생이 이렇게 출렁거리는데

돌아올 수 없는 저 편에서

누가,

붓질을 하나

물결 따라 흘려 쓴 시구詩句가

뱃전에 아롱지네

낙엽

죽음은, 숨 쉬며 살던
세상을 몸으로 끌어당기는 거

손등에 주사바늘 같은 햇살을 꽂고
밀려오는 회한을
시름시름 혈관으로 빨아들이는 거

짐을 꾸리듯 손등 발등 노랗게 부풀리는
어머니, 웃고 울던
침상에 든 바람도 덩달아 부풀다가

땅 활활 태우고
푹 꺼지는,

이승의 모퉁이 완화병동에서
혼신의 힘으로 지난날을 거두어 소멸하는
소우주

나비, 날다

이제부터는 날개를 펴야한다

완행열차를 타고 온 사람도
급행열차를 타고 온 사람도
레일이 끝나는 곳에서
훨훨 꽃길을 찾아야 한다

덜커덩 덜커덩
생의 마지막 구간에 들어선
어머니도 날갯죽지가 결리는지
병상에서 신음하며 눈을 감았다, 떴다, 하신다

아무 일도 없는 듯 입추가 지나고
여기까지라고 바람은 슬픈 깃발을 흔들고

빈 역사에 하나, 둘, 나비 날아오르고

황미라 _ 1989년 《심상》 신인상 당선. 시집으로 《두꺼비집》 《털모자가 있는 여름》 외 다수.

▣ 표현시동인회 연보(1969~2021)

■ 1969년
- 가을, 박민수 윤용선, 임동윤, 최돈선이 의기투합하여 강원 도내 최초로 《表現詩》동인을 결성하다.
- 최돈선 동인이 임동윤(1968년 강원일보 시 당선)에 이어 강원일보 신춘문예에 〈봄밤의 눈〉으로 당선되다.

■ 1970년
- 08월 20일《표현시》제 1집을 춘천인쇄소에서 간행하다.
- 창간호에 〈동인백서〉를 수록하여 《표현시》 동인이 추구해야 할 바를 시단에 알리다.
- 05월 최돈선이 《월간문학》 신인상에 〈시점〉이 당선되어 문단에 등단하다.
- 박민수 〈장성〉 외 편. 윤용선 〈데드라인〉 외 4편, 임동윤 〈해〉 외 5편, 최돈선 〈순결한 고독〉 외 4편의 신작시를 창간호에 선보이다.

■ 1971년
- 08월 15일《표현시》제 2집을 강원출판사에서 간행하다.
- 01월 최돈선 동인이 동아일보 신춘문예 동시부문에 〈철이와 남이의 하루〉로 당선하다.

- 5월 임동윤은 군 입대로 작품을 수록하지 못하다.
- 박민수 4편, 윤용선 4편, 최돈선 7편의 신작시를 수록하다.

■ 1972년
- 09월 01일 《표현시》 제 3집을 박민수 동인의 주도로 원주 남궁인쇄 소에서 간행하다.
- 군에 입대한 임동윤은 복귀했으나 최돈선은 행방불명, 할 수 없이 구고에 1편만 골라 동인지에 수록하다.
- 박민수 4편, 윤용선 장시 1편, 임동윤 2편, 최돈선 1편의 신작시와 임일진의 초대시 1편을 수록하다.

■ 1973년
- 01월 윤용선 동인 강원일보 신춘문예에 〈산란기〉로 당선을 하다.
- 최돈선 동인이 다시 복귀하다.
- 02월 01일 《표현시》 제 4집을 박민수 동인의 주도로 원주 남궁인쇄 소에서 간행하다.
- 최돈선 4편, 윤용선 4편, 임동윤 4편, 박민수 3편의 작품을 수록하다.

■ 1974년
- 09월 01일 《표현시》 제 5집을 박민수 동인의 주도로 원주 남궁인쇄 소에서 간행하다.
- 특별기고로 김영기 평론가의 〈표현시 점묘〉와 박일송, 임일진, 박명 자, 이성선, 정일남 시인의 시를 각 1편씩 수록하다.

- 전태규 시인이 동인에 참여하여 동인 5명이 되다.
- 윤용선 4편, 임동윤 3편, 최돈선 1편, 박민수 3편, 전태규 3편의 신작 시를 싣다.

■ 1975년
- 05월 박민수 동인 《월간문학》 신인상 공모에 〈광야에서〉가 당선되어 문단에 등단하다.
- 06월 01일 《표현시》 제 6집을 박민수 동인의 주도로 원주 남궁인쇄소에서 간행하다.
- 박민수 4편, 윤용선 4편, 임동윤 4편, 전태규 3편, 정일남 4편, 최돈선 1편의 신작을 싣다.
- 정일남 시인이 동인에 합류하여 동인 숫자가 6명이 되다.

■ 1976년
- 06월 01일 《표현시》 제 7집을 박민수 동인의 주도로 원주 남궁인쇄소에서 간행하다.
- 정일남 동인이 〈투우〉 외 4편으로 신작 소시집을 마련하다.
- 윤용선 2편, 전태규 5편, 최돈선 2편, 박민수 2편의 신작시를 싣다.

■ 1977년
- 06월 01일 《표현시》 제 8집을 박민수 동인의 주도로 원주 남궁인쇄소에서 간행하다.
- 책머리를 윤용선의 〈하얀 소묘집〉 5편과 최돈선의 〈내촌강〉 외 1편

으로 신작특집으로 꾸미다.
- 박민수 3편, 전태규 4편, 정일남 3편의 신작시를 싣다.

■ 1978년
- 11월 01일《표현시》제 9집을 윤용선 동인의 주도로 다시 춘천으로 옮겨 조양기업사에서 간행하다.
- 박민수 5편, 윤용선 4편, 전태규 5편, 정일남 5편, 최돈선 4편의 신작시를 수록하다.
- 04월 박민수 동인의 첫 시집 <강변설화>를 시문학사에서 간행하다.

■ 1981년
- 12월 박민수 동인의 제 2시집 <생명의 능동>을 한국문학사에서 간행하다.

■ 1982년
- 08월 05일《표현시》제 10집을 윤용선 동인의 주도로 제일인쇄에서 간행하다.
- 임동윤의 사정으로 윤용선 13편, 박민수 8편, 최돈선 21편으로 3인집으로 발간하다.
- 표지는 함섭 화가의 그림으로 디자인하다.
- 전태규, 정일남이 동인에 참여하지 못하다. 다시 4인 체제로 돌아가다.
- 여러 가지 사정으로 동인지 발간을 잠시 중단하기로 결정하다.

■ 1984년

• 최돈선 동인이 첫 시집 <칠년의 기다림과 일곱 날의 생>을 영학출판사에 간행하다.

■ 1986년

• 11월 박민수 동인의 제 3시집 <개꿈>을 도서출판 오상사에서 간행하다.

■ 1988년

• 최돈선 동인의 첫 산문집 <외톨박이>가 동문선에서 나오다.

■ 1989년

• 최돈선 동인의 칼라시화집 <허수아비 사랑>이 동문선에서 출간되다.
• 11월 박민수 동인의 시선집 <당신의 천국>을 인문당에서 펴내다.

■ 1991년

• 06월 박민수 동인의 제 4시집 <불꽃 춤 하얀 그림자>를 도서출판 오상사에서 간행하다.

■ 1992년

• 01월 임동윤 동인이 경인일보 신춘문예에 <나의 노래>란 시조로, 3월엔 문화일보 국내 최초로 실시된 문예사계 춘계공모에 <대장간에

서>라는 시조로, 10월엔《월간문학》시조공모에 <지리산고로쇠나무
> 외 1편으로 당선되다.
- 09월 임동윤 동인이 제7회 청구문화제 전국 문예공모전에서 시 부
분 <통고산의 겨울>로 대상을 수상하다.

■ 1993년
- 05월 임동윤 동인이 계간《시와시학》신인상공모에《겨울판화집》
연작시 6편으로 당선되다.

■ 1994년
- 5월 임동윤 동인이 첫 시집 <은빛 마가렛>을 계간 시 전문지《시와시
학》에서 출간하다.

■ 1995년
- 02월 박민수 동인 춘천 수향시낭송회 회장에 취임하다.

■ 1996년
- 01월 임동윤 동인이 한국일보 신춘문예에 <안개의 도시>로 당선
되다.
- 09월 박민수 동인의 제 5시집 <낮은 곳에서>를 도서출판 고려원에서
간행하다.

• 03월 박민수 동인 춘천교육대학교 총장에 취임하다.

■ 1998년

• 05월 15일 18년 만에 강원문예진흥기금을 받아 서울 새미출판사에서 임동윤의 주도로 《표현시》 11집 〈안개의 도시〉를 발간하다.

• 창립 멤버인 박민수, 윤용선, 임동윤, 최돈선만 동인에 복귀하여 박민수 동인이 대표집필한 자서에서 〈우리 다시 여기 있음을〉 한 목소리로 외쳤다.

• 박민수 15편, 윤용선 16편, 임동윤 15편, 최돈선 15편을 동인지에 수록하다.

• 복간 기념으로 유병훈 화가가 동인 4명의 얼굴을 스케치해 주었고, 이를 책에 수록하였다.

• 처음으로 ISBN을 받아 책을 발간하였다.

■ 1999년

• 11월 20일 표현시 제 12집 〈영화 샤만카를 보러갔다〉를 강원도민일보사에서 간행하다.

• 박기동, 황미라가 동인으로 참여하다. 동인이 6명으로 늘어나다.

• 박기동, 황미라의 특집으로 각 12편, 박민수 7편, 윤용선 21편, 임동윤 14편을 수록했으나 최돈선은 장시 1편을 수록하는데 그쳤다.

■ 2000년

- 11월 20일 강원도민일보사에서 <고래는 무엇으로 죽는가>라는 제목으로 강원도문예진흥기금을 지원받아 표현시 제 13집을 간행하다. 표지는 함섭 화가의 그림으로 디자인하다. 김창균 시인이 동인에 참여하다. 김창균, 황미라, 박기동, 최돈선(4편), 임동윤, 박민수, 윤용선의 작품 10편씩 수록하다. 표현시동인 연혁을 책 말미에 싣다.
- 박기동 동인이 <다시, 벼랑길>을 한결출판사에서 발간하다.
- 최돈선 동인의 시집 <물의 도시>가 도서출판 고려원에서 출간되다.
- 임동윤 동인이 한국문화예술진흥원이 주는 한국문학 특별창작지원금 1,000만원을 수혜 받다. 아울러 지학사 간 고등학교 지리교과서 댐 단원에 「안개의 도시」가 수록되다.
- 김창균 시인이 새 식구로 참여하여 동인이 7명으로 늘어나다.

■ 2001년

- 임동윤 동인이 경기문화재단 문화예술진흥기금을 수혜 받고, 시집 <언어의 말>을 계간 문예지 <문학과경계>에서 출간하다.

■ 2002년

- 9월 임동윤 동인이 부천시가 주관하는 수주 변영로문학상 전국 공모에서 <나무아래서>란 작품으로 대상을 수상하다. 상금 500만원을 받다. 또한 한국문화예술진흥원의 시집 발간 지원금을 받아 세 번째 시집 <나무아래서>를 도서출판 다층에서 간행하다.
- 12월 21일 《표현시》 제 14집 <디지털 속의 타클라마칸>을 도서출판

ART한결에서 간행하다.

- 황효창 화가의 그림으로 표지를 장식하다.
- 김재룡, 허문영 시인이 동인으로 참여하여 동인이 9명으로 늘어나다.
- 김재룡, 허문영, 김창균, 황미라, 박기동, 최돈선(2편), 임동윤, 윤용선 동인의 작품 8편씩을 수록하다. 박민수 작품은 동인 사정으로 싣지 못하다.
- 책 후미에 동인연보를 처음으로 간단히 싣다.

■ 2004년

- 08월 백담사 모임에서 김남극 시인을 새 식구로 받아들이기로 하여 동인이 총 10명으로 늘어나다.
- 12월 31일《표현시》제 15집 〈뜨거운 절망〉을 12월 31일 도서출판 한결에서 출간하다. 표지그림은 함섭 화가의 그림에 신동애 님이 디자인하다.
- 《표현시》동인의 자서 〈젊은 시인을 기다려? 아니 스스로 젊은 시인이 되기로!〉를 책 머리에 싣다. 특집으로 박민수, 윤용선 동인의 2인 소시집을 기획하여 각 10편과 소시집 해설을 곁들여 수록하다.
- 김남극, 김재룡, 김창균, 박기동, 임동윤, 황미라, 허문영 동인의 작품 5편씩 싣다.
- 제 15집 발문으로 최종남 소설가의 〈표현은 시를 아는 사람들의 고향〉을 책 후미에 수록하다.
- 책 후미와 뒤표지 날개에《표현시》동인 연보를 수록하다.

- 임동윤 동인이 한국문화예술진흥원 창작지원금을 수혜 받아 네 번째 시집 〈함박나무가지에 걸린 봄날〉을 문학과경계에서 출간하다.

■ 2005년
- 임동윤 동인이 경기문화재단 문화예술진흥기금을 받아 다섯 번째 시집 〈아가리〉를 문학의전당에서 출간하다.

■ 2006년
- 02월 22일 가평의 수림농원에서 윤용선 동인의 초등 교장 정년퇴임 기념시집 〈가을 박물관에 간히다〉와 기념문집 〈조용한 그림〉을 출판기념회를 열다.

■ 2008년
- 《표현시》 16집 〈새 한 마리 강 건너 복사꽃밭에 가다〉를 02월 29일 도서출판 한결에서 출간하다. 표지그림은 함섭 화가의 그림으로 디자인하다. 책머리의 글은 박기동 동인이 맡았으며, 박민수 동인의 작품 16편으로 정년기념 작품집으로 꾸몄다. 김남극, 김재룡, 김창균, 박기동, 윤용선, 임동윤, 최돈선, 허문영, 황미라 동인의 작품 6편과 함께 박민수 동인에게 전하는 편지글을 특별히 수록했다. 책 말미에 동인 주소록을 싣다.
- 박기동 동인이 〈나는 아직도〉를 도서출판 한결에서 간행하다.

■ 2010년

• 《표현시》 17집 〈백 년 동안의 그네타기를〉를 02월 28일 도서출판 한 결에서 출간하다. 표지그림은 황효창 화가의 그림으로 디자인하다. 특집 컬러화보로 지상 시화전을 열다. 김남극 시에 신대엽 그림을, 김재룡 시에 이종봉 그림을, 김창균 시에 이외수 그림을, 박기동 시에 신철균 그림을, 박민수 시에 서숙희 그림을, 윤용선 시에 최영식 그림을, 임동윤 시에 박흥순 그림을, 최돈선 시에 이외수 그림을, 황미라 시에 김명숙 그림을, 허문영 시에 이광택 그림으로 지상 시화전 작품을 만들다.

• 책 머리글은 '어려움의 시대를 넘어' 라는 제목으로 김창균 동인이 집필하다. 화갑특집으로 임동윤, 최돈선 동인의 자작시와 초대시, 그리고 초대산문이 실렸으며, 김남극, 김재룡, 김창균, 박기동, 박민수, 박해림, 윤용선, 허문영(8편), 황미라 동인의 작품 5편씩 수록하다. 책 말미에 동인 주소록을 수록하다.

• 임동윤 동인이 남해군에서 기금 1억으로 공모하는 제1회 김만중문학상 작품공모에서 유배문학부분에 당선하였다. 작품은 「초옥 가는 길」 외 6편이었다.

■ 2011년

• 《표현시》 18집 〈만주라는 바다〉를 12월 03일 도서출판 한결에서 춘천시문화재단 보조금 일부를 지원받아 출간하다. 표지그림은 황효창 화가의 그림으로 디자인하다.

• 특집으로 '시, 화폭에 담다' 를 권두화보로 수록하다. 김남극 시에

이광택 그림을, 김재룡 시에 신대엽 그림을, 김창균 시에 황효창 그
림을, 박기동 시에 한영호 조각을, 박민수 시에 유병훈 그림을, 박해
림 시에 백윤기 조각을, 윤용선 시에 함섭 그림을, 임동윤 시에 신철
균 그림을, 최돈선 시에 최영식 그림을, 한기옥 시에 이정여 그림을,
허문영 시에 정현우 그림을, 황미라 시에 김명숙 그림을 화가의 창
작노트를 곁들여 수록하다. 18집 머릿글은 '개망초 편지' 제목으로
김재룡 동인이 집필하다.

- 박기동과 황미라가 신작소시집을 집필했으며, 중국 심양의 김창영,
한영남, 박경상, 정란 시인의 시 작품이 특집으로 참여하다.
- 김남극, 김재룡, 김창균, 박민수, 박해림, 윤용선, 임동윤, 최돈선, 한
기옥, 허문영 동인의 작품 5편씩 수록하다.
- 최돈선 동인의 서정시 모음집 〈나는 사랑이란 말을 하지 않았다〉가
해냄에서 출간되다.
- 임동윤 동인이 경기문화재단 문화예술진흥기금을 받아 여섯 번째
시집 〈따뜻한 바깥〉을 나무아래서 출판사에서 발간하였다.
- 03월 박민수 동인 〈박민수뇌경영연구소〉를 설립히다.

■ 2012년
- 《표현시》 19집 〈오, 낯선 저녁〉을 12월 30일 도서출판 한결에서 춘
천시문화재단 보조금 일부를 지원받아 출간하다. '여러가지 문학적
표현을 생각하며' 의 책 머리글을 허문영 동인이 집필하다.
- 신작 소시집 특집은 김창균 동인이 자신의 자화상을 쓴 다른 시인의
시와 함께 10편을 발표하다.김창균 동인의 시 읽기는 박용하가 '독

실한 시를 읽다 '라는 제목으로 쓰다.

- 김남극(4편), 김재룡(4편), 박기동(2편), 박해림, 윤용선, 임동윤, 최돈선(4편), 한기옥, 허문영, 황미라 동인의 작품 5편씩 수록하다.

- 최돈선 동인이 제1회 청선문화예술원 창작지원금 1천만 원을 수혜받다.

- 03월 임동윤 동인이 계간 시전문지 《시와소금》을 창간하다. 소금과 같은 시를 소개한다는 창간이념을 가지고 통권 4호까지 강행하다.

■ 2013년

- 《표현시》 20집 〈끈질긴 오체투지〉를 12월 28일 도서출판 한결에서 춘천시문화재단 보조금 일부를 지원받아 출간하다.

- '이 시대의 내면을 쓰는 일이 가치 있다는 인식'의 책 머리글을 김남극 동인이 썼으며, 특집으로 춘천이야기에 대한 산문을 박기동 박민수 최돈선 동인이 쓰다.

- 신작 소시집은 허문영이, 김남극, 김창균, 박기동, 박해림, 윤용선, 임동윤, 한기옥, 황미라 시인의 작품 각 5편씩 수록하다.

- 최돈선 동인의 창작동화 〈바퀴를 찾아서〉가 꿈동이 인형극단에서 인형극으로 만들어 중국 순회공연하다. 또한 희곡 〈파리블루스〉를 소극장 여우에서 공연하다.

- 06월 박민수 동인의 제 6시집 〈잠자리를 타고〉가 17년 만에 임동윤 시인이 운영하는 나무아래서 출판사에 간행되다. 08월 사단법인 춘천고(古)음악제 이사장에 취임하다.

- 임동윤 동인이 경기문화재단 문화예술진흥기금을 받아 일곱 번째

시집 〈편자의 시간〉을 나무아래서 출판사에서 발간하였다.

■ 2014년

- 10월 10일 《표현시》 21집 〈쓸모없는 쓸모를 찾아〉를 시와소금에서 춘천시문화재단 보조금 일부를 지원받아 출간하다.
- 11월 중순 동인지 출판기념회 모임을 춘천 온의동 곰배령에서 갖다. 이 자리에서 김순실 양승준 이화주 정주연 조성림 한승태 허림 시인을 동인으로 영입하기로 합의하다. 이에 동인이 18명으로 몸집을 불어나다.

■ 2015년

- 7월 20일 《표현시》 22집 〈춘천〉을 강원도 강원문화재단 한국문화예술위원회 보조금을 지원받아 《시와소금》에서 출간하다. 새로운 동인인 김순실 양승준 이화주 정주연 조성림 한승태 허림 시인의 신작시를 수록하다.
- 7월 20일 임동윤 동인의 시집 〈사람이 그리운 날〉을 춘천시문화재단 지원금을 받아 도서출판 소금북에서 발간하다.
- 7월 30일 박해림 동인의 시조집 〈미간〉을 춘천시문화재단 문화예술 지원금을 받아 시와소금 시인선으로 출간하다.
- 8월 30일 박해림 동인의 시집 〈그대, 빈집이었으면 좋겠네〉를 강원문화재단 창작지원금을 받아 시와소금에서 출간하다.
- 9월 최돈선 동인의 시집 〈사람이 애인이다〉를 강원문화재단 창작지원금을 받아 도서출판 한결에서 출간하다.

■ 2016년

• 7월 15일 《표현시》 23집 〈괜찮은 사람〉을 강원도 강원문화재단 한국문화예술위원회 보조금을 지원받아 《시와소금》에서 출간하다.

• 6월 10일 조성림 동인의 시집 〈붉은 가슴〉을 강원도 강원문화재단 한국문화예술위원회 전문예술창작지원금을 받아 시와소금에서 출간하다.

• 7월 10일 임동윤 동인의 시집 〈고요한 나무 밑〉을 강원도 강원문화재단 지원금을 받아 도서출판 소금북에서 발간하다.

• 9월 30일 허림 동인의 시집 〈거기, 내면〉을 강원도 강원문화재단 한국문화예술위원회 전문예술창작지원금을 받아 시와소금에서 출간하다.

• 10월 15일 허문영 동인의 산문집 〈생명을 문화로 읽다〉를 강원도 강원문화재단 한국문화예술위원회 전문예술창작지원금을 받아 시와소금에서 출간하다.

• 12월 10일 윤용선 동인의 인물시집 〈사람이 그리울 때가 있다〉를 춘천시문화재단 지원금을 받아 시와소금에서 출간하다.

■ 2017년

• 8월 30일 《표현시》 24집 〈봄은 먼길로 돌아온다〉를 강원도 강원문화재단 한국문화예술위원회 보조금을 지원받아 《시와소금》에서 출간하다. 특집으로 이화주, 한승태 동인의 신작 4편과 대표작 5편, 시인의 에스프리를 싣다. 〈귀〉를 주제로 12명의 동인이 집필하다.

• 4월 10일 임동윤 동인의 바다시집 〈숨은바다찾기〉를 한국출판문

화산업진흥원 출판콘텐츠 창작지원금을 받아 시와소금에서 출간
하다.

- 6월 26일 임동윤 동인의 바다시집 〈저 바다가 속을 내어줄 때〉를 강
  원도 강원문화재단 한국문화예술위원회 전문예술창작지원금을 받
  아 시와소금에서 출간하다.
- 7월 25일 박해림(시조 필명 박지현) 동인의 시조집 〈못의 시학〉을 강
  원도 강원문화재단 한국문화예술위원회 전문예술창작지원금을 받
  아 시와소금에서 출간하다.
- 9월 20일 이화주 동인의 컬러 동시집 〈해를 안고 오나 봐〉를 강원도
  강원문화재단 한국문화예술위원회 전문예술창작지원금을 받아 도
  서출판 소금북에서 출간하다.
- 11월 14일 한승태 동인의 첫 시집 〈바람분교〉를 천년의시작에서 출
  간하다.
- 11월 15일 김순실 동인의 시집 〈누가 저쪽 물가로 나를 데려다 놓았
  는지〉를 강원도 강원문화재단 한국문화예술위원회 전문예술창작지
  원금을 받아 시와소금에서 출간하다.
- 12월 박해렴(박지현) 동인의 시조집 〈못의 시학〉이 한국출판문화
  산업진흥원에서 시행하는 세종나눔도서에 선정되어 전국 도서관에
  1,000여 권 배포되다.

■ 2018년
- 7월 30일 《표현시》 25집 〈평야의 정거장〉을 강원도 강원문화재단
  한국문화예술위원회 보조금을 지원받아 《시와소금》에서 출간하

다. 특집으로 김순실, 정주연, 조성림 동인의 신작 4편과 대표작 5편, 시인의 에스프리를 수록하다. <망각>을 주제로 12명의 동인이 집필하다.

- 6월 15일 조성림 동인의 시집 <그늘의 기원>을 강원도 강원문화재단 한국문화예술위원회 전문예술창작지원금을 받아 시와소금에서 출간하다.
- 8월 20일 박민수 동인의 시집 <사람의 추억>을 강원도 강원문화재단 한국문화예술위원회 전문예술창작지원금을 받아 시와소금에서 출간하다.
- 8월 20일 윤용선 동인의 시집 <딱딱해지는 살>을 강원도 강원문화재단 한국문화예술위원회 전문예술창작지원금을 받아 시와소금에서 출간하다.
- 9월 10일 최돈선 동인이 춘천시문화재단 이사장으로 취임하여 공식 업무를 시작하다.
- 10월 박해림(지현) 동인의 시집 <못의 시학>이 통영시가 주관하는 <김상옥문학상>에 선정되다.
- 11월 10일 황미라 동인의 프랑스 시집 <털모자가 있는 여름>을 강원도 강원문화재단 한국문화예술위원회 전문예술창작지원금을 받아 시와소금에서 출간하다.
- 11월 29일 윤용선 동인이 춘천문화원 집현회의실에서 진행된 춘천문화원장 선거에서 96표를 획득해 당선되다. 총 투표권자 239명 중 178명이 투표했으며 무효는 1표였다.
- 12월 1일 이화주 동인의 동시집 <해를 안고 오나 봐>가 한국문화예

술위원에서 시행하는 문학나눔도서에 선정되어 1,000여 권 전국 도서관에 배포되다.

■ 2019년

- 1월 15일 윤용선 동인 제18대 춘천문화원장으로 취임하다. 동인이 참석하여 축하하다.
- 1월 29일 한승태 동인의 산문집 '시와 에니메이션의 이메시스' <#아니마>를 다이얼로그에서 출간하다.
- 2월 1일 조성림 동인의 시집 <그늘의 기원>이 한국문화예술위원에서 주관하는 문학나눔도서에 선정되어 1,000여 권 전국 도서관에 배포되다.
- 4월 한승태 동인이 2019년 한국문화예술위원회에서 공모한 아르코 창작기금 수여자로 선정되어 1천만 원의 창작기금을 수혜하다.
- 5월 30일 허림 동인의 시집 <엄마 냄새>를 강원도 강원문화재단 한국문화예술위원회 전문예술창작지원금을 받아 달아실출판사에서 출간하다.
- 6월 14일 양승준 동인의 시집 <몸에 대한 예의>를 강원도 강원문화재단 한국문화예술위원회 전문예술창작지원금을 받아 시와소금에서 출간하다.
- 7월 30일 임동윤 동인의 제 12시집 <풀과 꽃과 나무와 그리고, 숨소리>를 강원도 강원문화재단 한국문화예술위원회 전문예술창작지원금을 받아 도서출판 소금북에서 출간하다.
- 8월 20일 《표현시》 26집 <물속의 거울>을 강원도 강원문화재단 한

국문화예술위원회 보조금을 지원받아 《시와소금》에서 출간하다. 허문영 동인의 정년 퇴임 기념으로 신작 4편과 대표작 5편, 시인의 에스프리를 특집으로 수록하다. 우리의 〈토종 민물고기〉를 주제로 10명의 동인이 집필하다.

- 8월 23일부터 8월 28일까지 박민수 동인이 제4회 개인 사진전을 춘천 〈아트프라자〉에서 개최하다.
- 9월 27일 표현시동인 창립 50주년을 기념하는 〈문학콘서트〉를 세종호텔 세종홀에서 개최하다.
- 9월 28일 허문영 동인이 강원문화재단 지원금으로 〈별을 삽질하다〉를 출간하다.
- 10월 30일 박해림 동인이 강원문화재단 기금으로 시집 〈오래 골목〉을 발간하다.
- 10월 30일 한기옥 동인이 강원문화재단 기금을 받아 시집 〈세상 사람 다 부르는 아무개 말고〉를 시와표현에서 시집 〈안골〉을 원주문화재단 지원금을 받아 시와소금 출판사에서 발간하다.

■ 2020년
- 2019년 12월 중국 우한에서 발병한 코로나-19 전염병으로 동인 간의 소통이 단절되다.
- 4월 15일 조성림 동인이 시선집 〈낙타를 타고 소금 바다를 건너다〉를 시와소금 출판사에서 간행하다.
- 6월 15일 임동윤 동인이 춘천문화재단 지원금으로 제13시집 〈고요의 그늘〉을 소금북 출판사에서 간행하다.

- 6월 10일 한승태 동인이 한국문화예술위원회 아르코창작기금을 받아 시집 〈사소한 구원〉을 천년의시작 출판사에서 간행하다.
- 9월 12일 표현시동인 회장으로 헌신적으로 노력하던 허문영 동인이 별세하다.
- 9월 29일 임세한 동인이 한국출판문화산업진흥원 출판콘텐츠 창작 지원사업 기금을 받아 제14시집 〈그늘과 함께〉를 시와소금에서 간행하다.
- 9월 30일 허림 동인이 홍천문화재단 후원금으로 〈누구도 모르는 저쪽〉을 도서출판 달아실에서 간행하다.
- 10월 15일 박민수 동인이 춘천문화재단 지원금으로 시집 〈슬픔의 원천〉을 소금북에서 출간하다.
- 10월 15일 표현시동인회 사화집 27집 〈하루는 먼 하늘〉을 춘천문화재단 후원으로 시와소금출판사에서 간행하다.
- 10월 30일 박해림 동인이 춘천문화재단 지원금으로 동시집 〈무릎편지 발자국 편지〉를 본인이 직접 그림을 그려서 시와소금에서 출간하다.
- 11월 30일 이화주 동인이 직접 그림을 그린 손반가동화집 〈모두 웃었다〉를 춘천문화재단 지원금으로 소금북출판사에서 간행하다.
- 12월 3일 허림 동인이 2019년 발간한 시집 〈엄마 냄새〉로 강원민예총 문학협회에서 주관하는 강원문화예술상을 수상하다. (상금 5백만 원)

■ 2021년

- 7월 30일 박해림(지현) 시인이 강원문화재단 지원금으로 시조집 <골목 단상>을 시와소금 출판사에서 간행하다.

- 9월 24일 한승태 동인이 2020년에 출간한 <사소한 구원>으로 제1회 실레작가상을 수상하다.(상금 5백만 원)

- 11월 10일 임동윤 동인이 2019년에 출간한 시집 <풀과 꽃과 나무와 그리고, 숨소리>로 제10회 녹색문학상을 수상하다. (상금 3천만 원)

- 11월 25일 임동윤 동인이 강원문화재단 후원금으로 제15시집 <나무를 위한 변명>을 소금북출판사에서 간행하다.

- 11월 25일 표현시동인회 제28집 사화집 <용서하고 용서받는 가을입니다>를 강원문화재단 후원금을 받아 시와소금출판사에서 간행하다. 허문영 추모특집과 최돈선 임동윤 동인을 조명하다.

- 11월 현재 코로나19 팬데믹으로 서로 대면하지 못하고 이메일로만 소통하다.

■ 표현시 동인 주소록(2021년 11월 현재)

이 름	현 주 소	연락처 / 이메일
김남극	강원도 평창군 봉평면 기풍4길 27-6 봉평고등학교 교무실 (우-25303)	010-2274-1961 namkeek@hanmail.net
김순실	강원도 춘천시 퇴계로 220-20, (현대아파트) 301동 1204호 (우-24391)	010-2428-5534 biya5534@hanmail.net
김창균	강원도 고성군 토성면 용원로 548-16 (원암리 18번지) (우-24768)	010-3846-1239 muin100@hanmail.net
박민수	강원도 춘천시 우두강둑길 23길, (코아루아파트) 117동 802호 (우-24229)	010-5362-6105 minsu4643@naver.com
박해림	강원도 춘천시 충혼길 20번길 4 도서출판 《소금북》 (우-24436)	010-9263-5084 hlm21@naver.com
양승준	강원도 원주시 모란1길 86 (한라비발디아파트) 109동 1302호 (우-26406)	010-5578-8722 oldcamel@hanmail.net
윤용선	강원도 춘천시 안마산로 133 (한숲시티) 115동 2301호 (우-24448)	010-4217-3079 4you1009@hanmail.net
이화주	강원도 춘천시 우석로 101번길 86 (대우아파트) 107동 1402호 (우-24318)	010-8605-5099 cchosu@hanmail.net
임동윤	강원도 춘천시 충혼길 20번길 4 (1층) 계간 《시와소금》 (우-24436)	010-5211-1195 ltomas21@hanmail.net
정주연	강원도 춘천시 동내면 원창고개길 123-15 (학곡리) (우-24408)	010-8901-1720 jy- june@hanmail.net
조성림	강원도 춘천시 후만로 119, 1동 401호 (금호빌리지) (우-24301)	010-3372-4793 csl4793@hanmail.net
최돈선	강원도 춘천시 세실로 173 (세경4차아파트) 409동 505호 (우-24310)	010-2844-6126 mowol@naver.com
한기옥	강원도 원주시 남산로 103 (삼성아파트) 1동 1402호 (우-26434)	010-9650-0304 eunhasu34@hanmail.net
한승태	강원도 춘천시 후만로126번길 31 (후평동, 대우아파트) 8동 203호 (우-24308)	010-6373-3704 hanst68@hanmail.net
허 림	강원도 홍천군 내면 가덕길22 (광원리, 지당아랫집) (우-25170)	010-2282-7749 gjfla28@hanmail.net
황미라	강원도 춘천시 서부대성로 332 (청구아파트) 101동 1603호 (우-24316)	010-2395-7385 hmrf89@daum.net

시와소금 시인선 136

용서하고 용서받는 가을입니다

ⓒ표현시동인회, 2021, printed in Seoul, Korea

초판 1쇄 인쇄 2021년 11월 20일
초판 1쇄 발행 2021년 11월 25일

지은이 표현시동인회
펴낸이 임세한
디자인 유재미 정지은
펴낸곳 시와소금
등록번호 제424호
등록일자 2014년 1월 28일
발행 강원 춘천시 충혼길20번길 4, 1층 (우-24436)
편집 서울시 중구 퇴계로50길 43-7 (우-04618)
팩스겸용 (033)251-1195, 010-5211-1195
이메일 sisogum@hanmail.net
다음카페 hppt://cafe.daum.net/poemundertree

ISBN 979-11-6325-038-8 03810

값 12,000원

· 이 시집은 강원도 강원문화재단의 후원으로 발간되었습니다.